GOOD
LUCK!!

GOOD
LUCK!!
井上由美子

ノベライズ：吉野美雨

写真（カバー・扉）：村林眞叉夫
ブックデザイン：細山田光宣＋米倉英弘

協力：TBS／全日空

#01

GOOD LUCK!!

目が覚めると、抜けるような青空が見えた。

ここはどこだっけ。新海元はビーチデッキに寝そべりながら考えた。ああ、ハワイだ。焼けつくような日差し、広がる砂浜、ビキニの女の子たちの楽しげな笑い声。沖では色とりどりのサーフボードが波をつかまえている。

元はまぶしそうに空を見上げた。轟音《ごうおん》を響かせながらジャンボ機が飛んでいく。銀色に光る腹を見ながら、元は起き上がった。そして、右手にはめた腕時計を見た。

「……やべえ」

元は焦って立ち上がると、読みかけの航空雑誌を口にくわえ、砂浜を走り出した。身体じゅう、砂だらけだ。椰子の木の揺れるカラカウア通りを短パン姿の元は走りに走った。

ホテルの客室に戻ると、元はあわてて白いシャツを羽織った。どうも、生活に慣れない。目覚めるたびに違う状況に置かれているのだ。

新海元、29歳。全日空の副操縦士《コー・パイロット》になって１ヶ月目だった。

元はチェックアウトを終えると、フライトバッグを引いてホノルル空港に向かった。手にはネイビーブルーのパイロットジャケット。袖口と肩には金色の3本線が入っている。パイロット帽はカートの取っ手に無造作にくくりつけられていた。


「おい。スチュワーデス！　何してるんだ！　早くワイン持ってこい！」

全日空機１０５１便の機内。前方のビジネスクラスのキャビンの通路に、酔った様子の中年男性客が立ちはだかった。

「申し訳ありません。あの、マデラワインは、ただ今、ご用意がございません」

新米ＣＡ《キャビンアテンダント》の深浦うららが緊張しつつやってきて言った。

「なにぃ。こっちは高い金出して、ビジネスに乗ってるんだぞ」

酔った客はからんで言うと、ポケットから煙草を出してくわえながらトイレに入った。うららはトイレのドアをノックした。うるせえな、と酔った客が顔を出す。

「失礼ですが、お煙草を吸われましたね？　機内では禁煙とご存じの上でしょうか？」

「吸ってねえよ。証拠でもあるのかよ」

「私、見ました。お客様が煙草をくわえたところを見ました」

「なんだ、えらそうに。客を犯人扱いすんのかッ！　ちくしょう。恥かかしやがって。機長を呼べ！　お前らじゃ話にならん。パイロットを呼べ！」

男はトイレから出ると本格的にからみだした。

「機長はただいま操縦中でございます」

うららはおびえた顔で言った。

「機長がダメなら、副操縦士がいるだろう」

「申し訳ありませんが、パイロットはコックピットを出られません」

「だったら、俺がコックピットに行ってやるよ。おい。出てこい！　パイロット！」

男は顔を真っ赤にしてわめいた。

「なぜ出てこねーんだよ。カッコつけやがって！　高い給料もらいやがって」

その時、シャッと軽やかな音がして、後方のカーテンが開いた。

「――遅くなりましたーっ！」

新海元が軽やかに言ってキャビンに入ってきた。

中年男は振り返ってウッと凍りついた。CAたちも凍っている。

「すみません。ホノルル線初めてなんで。昨夜、ルートチェックしてたら眠れなくなって……」

元は言って、何やらいつもとは違う機内の様子を怪訝《けげん》そうにながめた。

「おはようございます。ただ今、客室乗務の訓練中です」

チーフＣＡの富樫のり子が首元のスカーフを整えながら立ち上がった。40歳より若干手前の楚々《そそ》とした和風美人だ。

「キャビンで？」

元がつぶやくと、酔った中年男がすばやく上着を羽織って、丁重に頭を下げた。

「わたくし、チーフパーサーの太田健三郎でございます。当便は新人ＣＡが乗務しておりますので、特別に喫煙時のケーススタディーをしておりました」

「あ……なるほど。……んじゃ、どうぞ、続き」

元はニコリと笑って、コックピットのほうへ歩き出した。新顔の副操縦士を、若いＣＡたちが値踏みの視線でながめている。めったにない上玉だ。日に灼けた顔に、ひとなつこい瞳。白い歯をのぞかせて微笑む表情がさわやかだ。首から背中にかけての筋肉はほどよく張っていて、副操縦士の制服姿も初々しい。

「あ、今の酔っ払いの演技、最高でした――」

元が振り返って太田に言った。

「滅相もございません。訓練でございます」

太田はとりつくろったような笑顔で、もの腰低く会釈した。

「あ、それから――」

元はうれしそうに笑って付け加えた。

「煙草吸った客見つけたら、かなり本気で怒っちゃってください。失礼でもなんでも構わないから。——同じシップに乗るってことは、何時間か運命をともにするわけで。ってことは、乗員も乗客も一つのチームなわけで。ちゃんと言うべきことは、言ったほうがいいから」

「かしこまりました。——で、新海副操縦士、機長はどちらに？」

富樫のり子がたずねると、元は顔色を変えて慌てた。


水島機長が到着すると、全日空機1051便の前方キャビンでは、全クルーを集めてブリーフィングが始まった。

「それではキャプテン、よろしくお願いいたします」

太田がアロケーションチャートを配って、言った。

「機長の水島です。よろしく」

「副操縦士の新海です」

「L1を担当いたしますチーフパーサーの太田でございます。本日も笑顔で参りましょう」

「L2を担当します富樫のり子です。キャプテン、当便は満席ですので、少し早めの搭乗の許可を頂けますか」

水島は笑顔でうなずいた。


キーンというエンジン音が次第に高まっていく。コックピットでは水島と元が出発前の最終チェックを始めていた。空港の整備士たちが見送りの位置で大きく手を振っている。

「チェックリスト・イズ・コンプリーティッド。オールニッポン1051、レディ」

元は最終確認をして管制に許可を求めた。

『クリアード・フォー・テイクオフ。グッドラック』

管制から無線の応答が入った。

「テイクオフ」

水島がスラストレバーに力を入れると、ジャンボ機は離陸した。

元は前方に広がる青空をまぶしそうに見つめる。

「ったく。俺、キャプテンになって初めてだよ。コーパイに置いてきぼり食らったのは」

さわやかに毒づく水島に、元は右側の席で何度も頭を下げた。水島は苦笑いしながら元を見つめた。新米で失敗も多かったが、どこかにくめない雰囲気が新海元にはある。

フライトは順調だった。このままいけば、予定より10分ほど早く成田に到着しそうだ。

「――結構、高飛車な女だったな」

水島が言うと、元は一瞬きょとんとした目をした。

「今日の空の話だよ。女と空は、よく似てる」

「ああ。見た目と中身が全然違うし、気分がころころ変わるところなんか、女そのものだ
……って、もう200回くらい聞きましたよ」

「で、少しはわかるようになったかよ」

「わかんないっすよ」

「まあ、女は魔物ってよく言うからな」

「……機長、座席ベルトの着用サイン出しますよ」

元は真顔に戻るとスイッチに手をかけた。

「ラジャー」

水島は笑いながら座席ベルトを締めた。

1051便は着陸態勢に入り、機体高度を下げていった。

「成田アプローチ、オールニッポン1051、リービングフライトレベル200。クロスペダル、ワンツーサウザンド」

元は管制と無線のやりとりを始めた。

「横風22ノット、ちょっと強いですね。キャプテン――?」

元は水島にうかがいをたてようとして異変に気づいた。水島が額にびっしり脂汗を浮かべ、辛うじて姿勢を保っている。

「ちょっ……、大丈夫ですか?」

「すまん……腰が……。ここんとこ時々な……」

水島はつらそうに操縦桿を握っている。

「着陸できますか」

「……いや。……ああ、悪いが、頼む」

元は一瞬、緊張したが、すぐに覚悟を決めた。度胸だけはある。それに、少し自信も。

「ユー・ハブ・コントロール」

水島は操縦桿を元に託した。

「アイ・ハブ・コントロール」

元は操縦桿を握ると、手早く機内インターフォンを取って言った。

「新海です。水島キャプテンが体調を崩しましたが、このままランディングに入ります」

『……了解しました』

前方キャビンの太田がインターフォンに応えた。シートに着いたCAたちは異常事態を察して青ざめた。ただひとり、富樫のり子は微笑みを絶やさず、若いCAを目でたしなめる。

コックピットでは元が真剣な顔でスイッチを切り替えていた。水島は痛みに耐えながら、元の作業を見ている。

「ランウェイインサイト。マニュアルでランディングします。ファイナルフラップをセットします」

元が告げた。

「おい、ギアダウンだ」

水島に指摘され、元は慌ててギアレバーを押した。コンピューターの音声が高度をカウントしていく。元は額に汗をかきながら操縦桿を握りしめた。

「よし、安定してる。思い切ってしぼれ」

水島の指示で、元はレバーをしぼった。機体は白煙を上げながら滑走路に降りていく。エンジンが逆噴射の轟音を上げた。その瞬間、乗客はガクンと揺れて前のめりになった。新米CAのうららは思わず「きゃっ」と小さな声をあげる。

　空港ではブルーのつなぎの整備士たちが１０５１便の機体を待ち構えていた。機体は滑走路のオーバーランぎりぎりで停止。その様子を、香田一樹が成田マネージメントセンターの窓から見ていた。そして、険しい顔でデスクに戻ると、内線を取って指示を出した。


　マーシャラーの誘導で機体がスポットに到着した。元は無線で最終作業の確認をしている。

「シップＯＫです」

　元はインカムを外した。緊張で、鼻の頭に少し汗をかいている。

「立てますか？　今、ホイールチェアーを」

　元は水島を気遣った。

「大丈夫だ……少し落ち着いた。何とか、歩けそうだ」

　水島はよろよろと立ち上がった。苦笑するが、先にコックピットを出ていく。

「……医者行ってくださいよ」

　元は水島に声をかける。やっとひと息ついた。その時、地上職員から無線が入った。

『――コックピット、聞こえますか？』

女の声だった。

「整備さん？　お疲れさまです。何か……」

『――もっと機体を大事にしてください！』

「……はい？」

無線はそのまま一方的にブチッと切れてしまった。元は急いでタラップを降りると、機体の下で作業している整備士たちに声をかけた。

「――あの、今、コックピット呼んだの、誰っすか？」

すると、機体の下に潜っていた若い女が出てきた。

「え、君……」

元は驚いた。顔立ちのきれいな若い女の子だった。

「今度、俺の下に入った緒川歩実です」

整備士の阿部貴之が元に言った。

「なんでしょうか？」

歩実は大きな目でまっすぐに元を見ている。

「いきなり切るなよ。こっちだって、いろんな事情が……今のはさ、緊急事態で……」

元は言いよどんだ。

「そんな事情、お客さんにも私たち整備にも関係ありません」

「……どういう意味？」

「ヘタクソ、って意味です。失礼します」

緒川歩実はそっけなく会釈すると、さっさと機体の下に潜ってしまった。元はひとり取り残されて、しばらくそのまま呆然としていた。なんというか、ついてない日だ。

元が成田マネージメントセンターに戻ると、同期入社の安住龍二郎がにやにやした顔で近づいてきた。

「お前、今度は何やらかしたの？　チェックルームから呼び出し来てるぞ」

ああ、と答えながら元は顔をくもらせた。着陸のことで何か言われるのだろうか。

元と同期の安住は何につけ要領もよく、最年少で副操縦士に昇格した。片や元は、かつてないほど養成に時間がかかり、周囲の助けもあって何とかここまで上がってきたのだった。

運航監査室、別名チェックルームでは、香田一樹が新海元についての資料をチェックしながら待っていた。香田はちょうど40歳。現役の優秀なパイロットであり、社内では全パイロットの体調や勤務状況をチェックする監査の仕事を兼任していた。

「今回のフライトについて事情聴取する。協力しなさい」

香田は元を観察するように鋭い目で見た。

「水島キャプテンの急病により、僕が操縦桿を握って、着陸をしました」

元は説明しながら香田の雰囲気に圧倒されていた。

「それで？」

「それで……って、まずは無事に着陸を果たせてよかったと思ってます」

「あんなランディングでかね？　ギアダウンもろくにできないパイロットなんて素人以下だ。今すぐ辞表を書いたらどうだ」

香田は表情一つ変えず元に言った。

「とっさのことで……」

「だからといって、ミスが許されると思っているのか」

「……いえ」

「君は水島機長の弟子だそうだね。先輩もクズなら後輩もクズだ」

「――ちょっと待ってください。どういうことですか？」

元は尊敬している水島を侮辱されて、表情を変えた。

「シップは完全でなければならない――」

香田は言った。

「そして、シップを統轄するキャプテンも完全でなければならない。フライト時に体調を崩すなんて、もってのほかだ。パイロットとはそのように厳しい仕事なのだ」

「それはそうかもしれないけど……どうしようもないことってあるじゃないですか。人間は、そんな完璧じゃないし……」

弁解する元を香田は冷ややかに見ていた。

「じゃあ、ぶっちゃけあんた、風邪ひかないんですか。今まで一度もひいたことがないと」

元は怒鳴るように言った。

「私は決めている。もし、フライト時に風邪をひくようなことがあったら、パイロットを引退する」

「……ほんとかよ」

元はムッとした顔でつぶやいた。

「念のため言っておく。お前は素人以下だ。自覚しておきなさい」

香田が吐き捨てるように言って、話は終わった。


「あなた、さっき着陸の瞬間、悲鳴あげたでしょ」

CAルームでは富樫のり子が深浦うららを注意していた。

「すいません。私、キャプテンが急病なんて初めてで……」

「そういう時こそ、私たちCAは、お客様に不安をあたえないようにふるまわなければいけないの。CAは度胸よ。経験を積めば、あなたも、そのうち私みたいに図太くなるわ」

「はい。でも……あたし、富樫先輩みたいにはなれないと思います」

「どうして？」

「フツーに結婚もしたいし、子どもも生みたいんで。じゃ、お疲れさまでした」

うららはけろっとした顔で出ていく。のり子は苦笑して、小さくため息をついた。

「新海さーん、お疲れさまです！」

深浦うららはマネージメントセンターの廊下に元の姿を見つけるとダッシュで駆け寄った。

「さっきの着陸、新海さんですよね？　とってもすばらしいランディングでした」

うららは上目遣いで媚びた。

「……ほんとにそう思ってんの？」

「もちろんです。だから、今夜、お疲れさま会、やりましょう！」

「……遠慮しとくよ。会とかパーティ、苦手だから。じゃ」

元は行ってしまった。しょげたうららは、陰から見ていた先輩たちにスカーフを引っ張られ、廊下の隅に連れていかれた。

「いい度胸してるわね。新海はルーキーでしょ。ぬけがけはご法度なの」

軽くしめあげられながらも、うららはまったく懲りていなかった。人数が少なく、社内でも飛び抜けて給料体系のよいパイロットは、うららたちCAからも人気があった。


「すみません、なんか急に誘ったりして……」

元はしおらしく富樫のり子に頭を下げた。代官山のレストランにいる。上品で洗練されたスーツ姿ののり子を前に、元は革のコートを着たままだ。

「いいのよ。一人で食事するのも味気ないなって思ってたとこだったし。今日は、私がご馳走するから。——ねえ、それよりコート脱いだら？」

「や、下は制服なんすよ。こんな店来ると思ってなかったし」

元は恐縮しながらコートの下の制服を見せた。

「あら、いいじゃない。皆があこがれるかっこいい制服よ。で、なに？　話って」

「あの、どう思いました？　着陸。俺の……」

「なぜ、私に？」

「一番信頼できる人じゃないかと思って。つーか、ぶっちゃけ、なんか言いにくいことでも、はっきりと言ってくれそうで……」

「ありがとうございます」

のり子は余裕の笑みで元の発言を受け止めた。

「じゃ、遠慮なく。——正直言って、キャビンは少し揺れたわ。びっくりされたお客様もかなりいたはずよ。新人でも、パイロットにミスは許されないわ。緊急事態だからこそ、落ち着いて対処しないと」

「あ、……同じだ。監査室の香田ってキャプテンにも、同じこと言われたんです」

「そう……。香田さんに」

のり子はふいに真顔になった。

「知ってるんですか？」

「彼はね、同期であろうと先輩であろうと、情け容赦なくパイロットをびしびし切るわ。私たちＣＡたちにも厳しくて、乗客から苦情の出た者は二度と自分のシップには乗せないの」

「サイボーグみたいだった……」

元は顔をしかめてつぶやいた。

「そんなにきつく言われたの？」

「俺はいいけど水島さんのことも。体調崩すようなクズはパイロットの資格がないって」

「そう……」

のり子はさびしそうにうなずくと、すでにメニュー選びに夢中になっている元を見つめた。


その頃、緒川歩実は成田空港のハンガーでジャンボ機のドック整備についていた。両の手はべっとりとオイルで汚れている。冬の夜の成田は底冷えがする。ジャンボ機の機体は冷え切っていて、手が凍るようだ。歩実は白い息を吐きながら、車輪の部品交換をしていた。

「緒川さあ、パイロットに、あんな口のきき方するの、やめといたほうがいいぞ」

先輩整備士の阿部が言った。

「シップを飛ばせるのは、パイロットだけなんだ。ここはなあ、パイロットが気分よく飛んでなんぼの世界なんだよ。わかるだろ？　パイロットが飛行機って舞台の主役なら、俺たちは裏方なんだよ。裏方には裏方のプライドの持ち方があるんだよ」

「仕事に裏も表もないと思いますけど」

歩実は淡々と言い返した。口調はぶっきらぼうで冷たいが、顔だちは凛《りん》として美しい。会社では女性整備士の存在自体めずらしく、歩実は同僚の間でも人気があった。

「飲みでも行くか？　酒でも飲んで、ちょっとぬけよ。お前いつも怒ってるもん」

「怒ってないです。こういう顔なんです」

歩実は阿部から目をそらし、もくもくと手を動かした。


元はフライトバッグを引いてマンションに戻った。元のマンションは隅田川の近くの高層マンションだ。鍵を出して、扉を開けようとしていると、隣室のドアが突然開いた。

「ショウちゃん？」

朴美淑が顔を出して、たどたどしい日本語でたずねた。

「え……いや、違います」

美淑は裸足で廊下に出てきた。ロングヘアのオリエンタル美人だが、かなり怪しい存在感だ。

「違いますって」

「だったら、何しに来たのよ！」

美淑は突然、怒ったように玄関の扉を閉めた。

「誰だよ、ショウちゃんて……」

元はつぶやきながらコートを脱ぎ、ダンボール箱が雑然と置いてある床に座った。ひとり暮らしの部屋は引っ越したばかりで、まだ荷物もといていない。

今日はいろいろなことがありすぎた。元はこれからのことを思うと気が重くなったが、とりあえず床に大の字になって寝ころんだ。あまり深く思い悩むタイプではないのだ。

「トレビアン、ムッシュ！」

翌朝、元がディスパッチルームで天気図をチェックしていると、機長の内藤ジェーンがヌウッと顔を出した。

「オウ、アイム・ソウ……」

元は金髪のジェーンに戸惑って言った。

「日本語で話せよ。なにすかしてんだよ。キャプテンの内藤ジェーンだ」

「あ、初めまして。新海です。今日のパリ行き、よろしくお願いします」

元は内藤ジェーンについて、フライトバッグを引きながら乗員コンコースを歩いた。

「お前、評判悪いぞ。新米のくせに、ステイ先でのCAとのメシ会、来ないらしいな」

ジェーンは言った。

「苦手なんすよ、あれ。なんか合コンみたいで」

「生意気だよ、お前。新人パイロットは、我々ベテランパイロットのリラックスアンドリフレッシュのために、若くて可愛いCAをメシ会に誘うのが最大の仕事なんだよ」

「そんな馬鹿な」

「馬鹿だとう？　可愛くねえなあ。かっこつけんなよ、バーロー」

ジェーンは笑いながら元に肘打ちしてさっさと先に行ってしまった。元は苦笑いしながらジェーンを追いかけた。パイロットはみな個性が強く、ひとりひとり違っている。元は狭いコックピットの中に彼らと二人きりでいて、今のところ圧倒されるばかりだった。

元はスポットに停まっている205便の機体の足回りをチェックした。事前に整備士のチェックは入っているが、念には念を入れてフライト前に目視でチェックする。それが元たちパイロットの仕事だった。

元は、機体についたホコリのようなものに気がついた。鳥の羽根だ。元は顔色を変える。

「なんだ、それ！　鳩ぽっぽの羽根じゃないか。おいおいおい。まさかエンジンに吸い込まれてるんじゃないだろうな」

ジェーンと元はエンジンを覗いたが、外輪に鳥がぶつかった痕跡はない。

「焼き鳥だと、やばいですよね」

「当たり前だろ。――おい、整備さん、エンジンチェックまだ？」

ジェーンがヒステリックな声を上げると、機体の下に潜っていた歩実が現れた。

「エンジンチェックをした緒川です。何か問題ありましたか？」

「あの、エンジンのそばに羽根がくっついてたんだけど。鳥が吸い込まれてないか、中まで全部チェックし直してくれないかな」

元はていねいに頼んだ。

「え？　さっきエンジン回したときには、異常ありませんでした。空には鳥がいます。羽根くらい飛んできます」

「そんなことはわかってるよ。けど、万一ってことがあるだろ」

元はムッとした。

「整備のあたしが、異常なしって確認したんですけど」

歩実もまたムッとして言い返した。

「飛ぶかどうかを最終的に判断するのはパイロットなんだ」

やりとりを聞きつけて、阿部が血相を変えて走ってきた。

「待ってください。緒川が言い過ぎたのなら謝ります。でも、エンジンチェックに不備はありません。自分も一緒に確かめましたから」

「そ、そうだよ、新海くん。女の子なんだし、そこまで言わなくても」

ジェーンが歩実をかばった。

「男か女かは関係ないでしょ。じゃあ、キャプテン、このまま飛べるんですか？　こいつ、信用して」

「うーん……。いや、信用してないわけじゃないんだけどさ……やっぱ、ここはもう一度きちんと見てもらったほうが……いいかな」

「キャプテンも同意見です。リチェックをお願いします。でないと、飛べません」

元は言った。

「……何様だよ」

歩実はそっぽを向いてつぶやいた。元はそれを聞いて一気に頭に血が昇った。

「――こっちは何百人の命、しょって飛んでるんだ。お前にその気持ちがわかるかよ」

元は歩実に怒鳴った。

「誰よりもわかってるつもりよ」

歩実は大きな目で元をにらむように見た。瞳にはみるみる涙が浮かんできたが、歩実は一歩も引かない。

「こっちだって、命かけて整備やってるんです」

歩実はグローブを外して、オイルで汚れた手で頬に落ちた涙を拭った。頬が真っ黒になる。

「リチェック開始します。フォローお願いします」

歩実は同僚に声をかけると、怒った顔で機体の下に消えていった。


205便はリチェックのため、予定よりかなり遅れて離陸した。

「何か気まずいなぁ。後ろのお客さんがみんな怒ってる。怨念ドロドロって……感じない？」

コックピットでジェーンがこぼした。

「そりゃ、フライトが遅れたのは申し訳ないですけど……」

元は言った。

「おまけに結局、異常はなしで、整備にも白い目で見られるし」

「事故るより100万倍ましですよ」

「あの女の子にも恨まれちゃったかなぁ」

ジェーンのつぶやきを聞きながら、元は、一歩も引かなかった歩実の顔を思い出していた。怒った顔が、けっこう可愛かった。


その頃、緒川歩実は整備部長から注意を受けていた。

「パイロット相手に嚙みついてどうするんだ。君のやったことは、我々整備士全体のレベルに関わってくるんだぞ。社会人なら、もうちょっと大人になりなさい」

歩実はただ目を伏せて神妙な面持ちで話を聞いていた。大人になりなさい、か。歩実はうんざりした。それを言うなら、あの副操縦士のほうだと思った。ちゃんとチェックしたと言うのに、まったく信用しないのだから——。でも、すぐムキになって顔に出てしまうところが、なんとなく自分と似ているような気がした。

歩実は仕事が終わると、400ccのバイクで隅田川近くにある家に帰った。歩実は『緒川米店』という消えかけの屋号の残るシャッターを開けて、バイクを入れた。車庫には店の名残の古びた精米機がまだそのまま残っている。

居間に上がると、二つ上の姉の香織が台所で食事の支度をしていた。

「私、これから夜勤だから、野菜炒めと納豆でいい?」

香織は言った。看護師をしている姉は歩実とは正反対に女らしく、家事のほとんどを取り仕切っている。歩実は姉から仏壇用の飯杯を受け取って、奥の仏壇に供えた。仏壇には、二つの位牌と、両親の写真が飾られている。

「今日、前橋のおばさんから電話あったよ。お父さんとお母さんの十三回忌、来るって」

香織が振り向いた。

「ああ、また、言われるよ。お見合いしろって」

歩実は面倒くさそうに答えた。

「言われるのは、歩実でしょ。なんで、よりによって飛行機の整備士になんかなったんだって。覚悟しときなさいよ」

「平気。もう、さんざん皆に言われたから」

姉妹は二人きりの食卓について静かに食事を始めた。

歩実が両親を亡くしたのは12歳のときだった。外国で突然の事故に遭ったのだ。悲しみはとっくに癒えているように思えたけれど、時折思い出すとどうしようもなくさびしかった。


元はパリのフライトから戻ると、家にいるところを水島から呼び出された。

「この間は世話になったたな」

水島は隅田川の河原で待っていた。

「そんな。わざわざ、いいっすよ」

「いや。明日のロスのフライト、一緒だろ。先に会って礼を言っとこうと思ってな。監査の香田くんにしぼられたらしいから」

「いいっすよ……。まあ、香田って人は、かなり不愉快な人でしたけど」

「監査室は憎まれ役だ。ああでなくちゃ、勤まらないよ」

水島は笑った。さっぱりとした男気のある水島を、元は人間としても尊敬していた。それをクズ呼ばわりするなんて、元はあらためて香田に怒りがわいた。

「……もういいんですか、身体？」

「それがさ、あまりよくないらしいよ。ヘルニアなんだ」

「じゃあ、手術をすれば……」

「……ん。次のフライトでパイロットを引退しようと思う。１００％の身体でない以上、パイロットの資格はないと、俺は思ってる。――おい、そんな顔をするな。別に死ぬわけじゃないんだ。……そうだな、地上の教官にでも志願して、ぴちぴちのＣＡを教えるかな」

水島は笑ったが、元にはつらい気持ちが伝わってきた。

「なあ、新海、俺はあんまり優秀なパイロットじゃなかったが、空を飛ぶのは誰よりも好きだった。だから、俺なりに、空に対して気持ちよくケジメをつけたいんだ」

水島は川面を見つめた。

「明日のお前とのロサンゼルス便が、俺のラストフライトだ。さっき、きちんとドクターの診断を受けた。君にもクルーにも、乗客にも迷惑はかけない」

水島は笑った。

「明日、いい女だといいっすね」

「おいおい、何一人前の口叩いてんだ」

水島は元の背中を叩いた。元は笑いながら、いいフライトになるよう心で祈っていた。


元はその晩、マンションの部屋で明日のフライトの航路を確認していた。が、ふと、気になることがあってジープを成田に向かって走らせていた。

元は初めてハンガーに足を踏み入れた。ハンガーでは夜勤の整備士たちが働いている。元はジャンボ機の大きな翼の並ぶ、勇壮な空間を見上げながら、歩実の姿を探してみた。

「あの、何か？」

阿部が気づいてやってきた。

「いや……ハンガーって来たことなかったから。どんなところかと思ってさ。お疲れさん」

元は言い訳するように言って、踵《きびす》を返した。どうして緒川歩実に会いに来たのか、元は自分でもよくわからなかった。この間のことを謝りたいという気持ちもあった。元はどうも、こうだと思うとすぐムキになってしまうところがある。が、それは歩実も同じだと思った。一歩も譲らない目をしていた。あんなに涙をためて……。

気がつくと腹が減っていた。元は空港近くの回転寿司屋に入った。どの席に座ろうか迷っていると、空の皿を山のように積み上げている豪快な女の客がいる。緒川歩実だった。

「食うね。男かと思った」

元は歩実の隣に座った。歩実は一瞬元のほうをチラッと見たが、構わずに食べ続けた。

「この間、ごめんね。言い過ぎたよ、俺。ちょっと意地になってたかもしれない。へたくそって言われたの初めてだったし」

元は話しかけたが、歩実は無視してもくもくと食べている。元はなんとか自分のほうを向かせようと、歩実が取ろうとした穴子の皿を奪い取った。

「一個やろっか？」

「何、ナンパ？　ナンパならよそでやってよ」

歩実ははねつけるように言った。

「別に。そんなに女に不自由してないよ」

「そうだよね。パイロットだもんね」

「チャラチャラしてるって言いたいわけ？」

「……別に。言いたいことなんてありません。全然違う世界の人だし」

二人の間にぎくしゃくした空気が流れる。

「なんで整備士になったの？」

元は話題を変えようと、言った。

「……飛行機を、安全に飛ばしたい。それだけ。……おかしい？」

「おかしくないよ。全然」

それどころか、元は答えを聞いて、歩実の思いがなんだかうれしかった。

「そっちは？　どうして、パイロットになったの？」

歩実が興味を示した。

「ん……知りたい？」

「全然」

「そう言ったら、話、終わっちゃうでしょ」

「じゃあ、きれいなCAに囲まれて、高いお給料もらって、プライドを満足させたいから」

「……だから、違うっつーに」

「じゃあ、なんでですか？」

「俺は……ただ、いいなぁと思って。ガキの頃、飛行機に乗ったときに、コックピットの見学させてもらったんだ。その時のパイロットが、すごいカッコよくて、CAのお姉さんもやさしくて、そう、整備の人もキビキビしてて……皆で、こうチーム組んで、でっかい飛行機飛ばしてる感じが、いいなぁって」

「……単純」

歩実はクールに言って、イクラの皿に手を伸ばした。

「あ、サザエさんにイクラちゃんって、いたよね？」

元は皿を見て思いついた。

「だから、なに？」

「いや、サザエさんってさ、サザエにカツオにワカメに……皆、食えるもんばっかなのに、なんで、お母さんのフネだけ、食えねえものなのかなって。仲間外れじゃん……」

「……波平」

歩実はボソリとつぶやいた。

「お父さんの波平も……食べられないよ」

「ああ、そうか。仲間外れじゃなかったんだ！」

歩実はうれしそうに叫ぶ元を見てクスッと笑った。元もまたうれしそうに歩実を見た。思った通り、とびきりキュートな笑顔だった。歩実はひとなつこそうに笑う元を前に、照れながら真顔に戻った。


「じゃ」

歩実は店の前で元に声をかけ、バイクのエンジンをかけた。

「……あのさ」。元が戻ってきて切り出した。「……同じ、だよ。いや、だから、ぶっちゃけ……」

「ぶっちゃけ？」

歩実は大きな瞳で、何か言いたそうにしている元を見つめた。

「全然違う世界とかじゃなくて、同じでしょ。俺、なんか、おたくと話してて思ったんだ。ああ、空を飛んでんのは、俺たちだけじゃないんだなって——」

「フン。やっぱナンパじゃん。そうやって、ＣＡとちゃらちゃらやってんでしょ。あたし、そういう手には、乗らないから」

歩実はヘルメットを被って、道路へ乗り出した。

「乗せねえよ。お前なんか！」

元は歩実の背中に言って、見送った。が、その顔には笑顔があった。ぶっきらぼうに見える歩実だったが、元には自分の気持ちが伝わったという確信があった。


「失礼します。お呼びでしょうか」

フライトを終えた富樫のり子がチェックルームを訪ねた。二人はほんの一瞬見つめ合ったが、香田が先に視線を外した。

「この間のホノルル発1051便で急病になった水島キャプテンだが、その後の健康状態について何か聞いていないか？」

「いえ、私は……」

香田は表情を凍らせている。

「コーパイの新海はどうだ。彼は知らないだろうか。君は新海と同じルートが多いようだが」

「何も聞いていませんが、何か」

「パイロットは健康に不安があるなら、すみやかに報告しなければならない。水島キャプテンはその規則に違反している恐れがある。監査室としては調査をしなければならない」

「水島さんは立派なキャプテンです。もし、そういうことがあるなら、自分でちゃんと報告すると思います」

「何かあってからでは遅いんだ」

香田は険しい表情でにらんだ。

「……そんなに、自分をいじめなくてもいいじゃない」

のり子は思わず口調をほどいてしまった。

「サイボーグみたいだって言ってたわ、新海くん。彼、よく似てる、あなたの若い頃と。飛行機が好きで、人間が好きで、すぐムキになって――」

「――失礼だが富樫チーフ、この席に昔話は必要ない」

香田がさえぎった。まったくとりつくしまがない。のり子は悲しかった。こんなふうにしか話せなくなるなんて、あの頃ののり子は考えもしなかった。のり子は一礼して、そそくさと部屋を出た。


元はジープを走らせて、川崎の船着き場で止めた。しばらく待っていると、父親の良治が客を乗せた釣り船を操舵して帰ってきた。弟の誠が、軽い身のこなしではしけに飛び移り、良治が慣れた手つきで船をつなぐ。

「はい、到着です。どなたさんも、足元、お気をつけんなって」

頑固な江戸っ子といった風情の良治が数人の釣り客を見送っている。良治は元に気づくと、見なかったように目をそらした。元の実家は釣り船屋を営んでいた。良治は店に戻って、釣具の手入れを始めた。元はその様子を客用の椅子に座ってながめている。

「親父、家、出てった奴と、しゃべる気ないってさ」

ひとまわり年下の誠が元に言った。

「で、どうなのよ、実際、パイロットって」

「どうなのって、悪くねえよ。いろんなとこ行けるし」

「やっぱ、いけてるわけ？　スチュワーデスって」

「シップでは、CAって呼ぶんだ。客室乗務員の略。わかる？」

元が言っていると、良治が機嫌悪そうに立ち上がった。

「おい、シップっていうのはな、昔から船のことと決まってんだ。無断で使うな」

「はい。すみません」

元は一応素直に謝ると、自分の部屋に上がった。良治は家を継がなかった元をよく思っていない。頑固者の父はもう何年もろくに口もきいてくれないのだった。

とはいえ、部屋は元が家を出ていったときのままになっていた。元は本棚に飾ってあった模型飛行機のグライダーや航空雑誌を、懐かしく見た。ひとつだけ、ケースに入ったブリキの古い飛行機があった。機内販売で買ったものだ。その脇には古い写真立てがあり、ブリキの飛行機を持って笑っている少年時代の元が写っていた。コックピット見学でパイロットと一緒に撮ってもらったスナップだった。その頃の夢が叶い、元は今やコックピットで働いている。元は懐かしそうに写真を見つめていた。

ふと、水島のことを思った。空を飛ぶのが好きだと言っていた。その水島がパイロットを引退するなんて……。元は明日のフライトが特別なものになる予感がした。

「水島キャプテン。今日のフライト、ロスまでよろしくお願いします」

元ははりきってディスパッチルームで水島に声をかけた。

「こっちこそ、頼りにしてるよ」

水島が言うと、そこへパイロットスーツを着た香田がやってきた。

「本日、私が００６便に同乗します。後部座席に着席して、水島機長および新海副操縦士の操縦について、フライトチェックを行います」

香田が告げた。元と水島は思わず顔を見合わせた。


００６便は何ごともなく離陸し、安定飛行に入った。香田がドア脇の後部座席に座って二人の操縦の様子に目を光らせている。

「本日はご搭乗ありがとうございます。機長の水島でございます。当機はただいま3万３０００フィート、１万メートルの上空飛行をしております……」

水島が機内アナウンスを始めた。

「目的地のアメリカ・ロサンゼルス空港までは約9時間40分の飛行を予定しております。快適な空の旅をお楽しみください」

インターフォンを置いた水島を元が見た。

「……なんか、やりにくいですね」

「いつも通りのことをやればいいんだ」

「でも、いつもとは違うわけで」

「おい、管制が呼んでるぞ」

香田が元に指摘した。元はインカムのスイッチを切り替え、緊張の面持ちで水島を見る。

「非常事態です。ロスの空港が火災で全面クローズになったそうです」

「そうか……。成田へ引き返そう」

水島は瞬時に判断を下した。

「シスコかオンタリオに降りられないんですか?」

元は粘った。

「ロスが全面クローズになれば、この機がシスコに着く頃にはランウェイに西海岸行きの飛行機があふれかえる」

「でも、今日は……」

元は言いかけて、やめた。香田は今日が水島のラストフライトだということを知らない。

水島は静かに首を振った。

「成田に引き返す。その後の乗客の対応を手配させろ。それが俺たちの仕事だ」

「……わかりました」

元は複雑な思いでインターフォンを取り、事態をパーサーに告げた。


富樫のり子がインターフォンで乗客に成田に引き返す旨を告げると、客席がざわつき始めた。無理もなかった。予定のある乗客たちから不平の声が飛び交った。

「申し訳ございません。振り替え便が決定いたしましたらすぐに手配させていただきます」

のり子が客席をまわりながら説明を始めると、自営業者風の中年の男性客が困り果てた顔で詰め寄ってきた。

「困るんだよ。明日じゅうにロスに着かないと、仕事の契約ができないんだ。この契約が成立しないと、ウチの会社はつぶれるんだぞ！」

男性客は言っているうちに高ぶり、最後には怒鳴り始めた。

「機長を呼んでくれ。直接話す――」

「機長は操縦中でございます」

制止しようとしたのり子を、憤った男性客が突き飛ばし、コックピットに近づいた。

コックピットの緊急コールが鳴る。

『――キャプテン、50歳くらいの日本人男性が成田に引き返すことにより騒いでいます。機長を出せと要求し、富樫チーフに乱暴を』

チーフパーサーの太田の緊迫した声に、元と水島は顔を見合わせた。

「押さえられるか？」

水島がたずねた。

『私が身を挺しても押さえてみせま……アッ』

何かにぶつかるような音がして、インターフォンの声がとって変わった。

『――機長！　機長、出てこい。なんで成田に戻るんだ。ロスに行ってくれよ』

憤る男性客と太田がもみあう声が続いている。

『とにかくロスに行け。ロスへ行けなきゃ、何もかもおしまいなんだよ』

「無視しましょう。これ以上、相手のペースに巻き込まれてはならない」

香田が冷静に判断した。

「でも、太田さんが……」

元はキャビンの様子が気になった。

「それはキャビンで解決する問題だ」

香田はあくまでも冷ややかだった。

『なんで出てこないんだ！　カッコつけやがって！』

男性客の声を聞いて、元はいてもたってもいられなくなった。元は席から立ち上がる。

「――話つけに行ってきます」

「パイロットはみだりにコックピットを出ることは禁じられている」

香田が前を向いたまま言った。水島は黙って操縦桿を握っている。元は水島のためにも、このフライトを無事に終わらせたかった。それに、キャビンをこのままにしてはおけない。

「俺たちは、このシップのクルーです。仲間を見捨てられません」

元はコックピットを出ていった。


男性客は太田の首を絞め上げていた。

「お客様、おやめください。お客様の行為は犯罪になります」

のり子は気丈に冷静さを保って呼びかけた。

「うるさい。俺は警察に捕まってもいいから、ロスに行きたいんだ」

男性客の勢いに、キャビンの中に緊張感が走っていた。

その時、元が通路からやってきた。乗客はパイロットスーツ姿の元に注目する。

「あんたがパイロットか」

「副操縦士の新海です」

「ロスに行ってくれ」

「ロスへは行きません。この機は成田に戻ります」

「なぜなんだ！」

「ロスに向かっても、空港に降りられるメドがついていません」

「9時間あれば、再開するかもしれないだろうが！」

「この飛行機は片道の燃料しか積んでいません。もし安全に着陸できる空港がなかったら、大変なことになります」

「いちかばちかでも飛べよ！」

やけになって叫ぶ男性客に、元の顔色が変わった。

「いちかばちかで――死なせるわけにはいかねえんだよ！」

元は大声で怒鳴った。

「今、成田では、うちのスタッフが振り替え便の手配をしています。1分でも早く、安全にロサンゼルスに送り届けるために皆、全力を尽くしています――」

元は憤る自分の気持ちを抑えながら、言った。

「――俺たちクルーは、空を飛ぶ奴も、地上を守る奴も、みんな……あなたを、ここにいる全部の人たちを安全に運ぶために、ぶっちゃけ、必死で頑張ってるんです」

元の言葉で男性客は少しばかり冷静さを取り戻した。周囲を見渡すと、のり子やうらら、CAたちが心配そうに自分をじっと見つめている。

「どうか俺たちを信じてください」

元が言うと、男性客は太田から手を離した。そして、観念したようにがっくりと頭を垂れて自分の席に戻って座り込んだ。元はホッと安心して、キャビンをあとにした。

「お前の席は香田さんが守ってくれたぞ」

コックピットに戻った元に水島が言った。

「……すみません」

元が詫びると、香田は黙ってコーパイ席をあけた。

しばらくして機体は着陸態勢に入った。水島は成田空港の滑走路に向かって006便を降下させた。機体が白鳥の舞うようにすうっと滑走路に降りて、目いっぱいランウェイを走ってから、停止する。

「ナイスランディング！」

元はサインを送った。

「当然！」

水島の顔は明るかった。


CAたちは搭乗口に立って、振り替え便の案内をしながら乗客を見送っていた。

「すまなかった……。私はどこに出頭すればいい？」

太田をはがいじめにした客がうなだれながら出てきた。

「出頭する必要はございません、お客様。振り替え便に乗れば、ぎりぎりですが、明日じゅうにはロスに到着できます」

太田が笑顔で深くお辞儀すると、男性客は何度も頭を下げながら急いで出ていった。

「すみません……。ラストを飾れなくて……」

香田がコックピットを出ていくと、元は水島に詫びた。

「なんで謝るんだ。最高のラストフライトだったよ。全ての乗客を無事に降ろすことができたよ。最後のフライトまでな」

水島は満足そうに笑って、ウィンドウの外の空に目をやった。

「しかし、あれだな……。もう少しだけ、ここに座って、空を見ていたかったなぁ。なあ、新海よ、お前がキャプテンになって、最初のフライトのときには、ぜひ、俺を乗せてくれ。客として」

「そんな……ずいぶん先の話ですよ。来ないかもしれないし、そんな日——」

「来るさ。絶対。お前は、きっといいキャプテンになる」

水島は励ますように言うと、パイロットシャツから肩章を取って元に差し出した。金色の4本線が入ったキャプテンの肩章だ。

「……グッドラック」

水島が言った。元は胸を熱くする。水島の肩章を握りしめる手に力が入った。

元はマネージメントセンターの窓から、滑走路を見つめていた。

「いいランディングだったね」

緒川歩実がいつの間にか後ろにやってきて言った。

「俺のランディングじゃねえよ」

「知ってるよ」

「何だよ。イヤミ言いに来たのかよ」

「それしか言えないからさ」

歩実ははにかむように笑った。その時、二人の間に割り込むように香田がやってきた。

「新海副操縦士、君を1週間の謹慎処分とする」

「謹慎？　なんすか、それ？」

「言っただろう。パイロットは操縦桿を守るのが仕事だ。どんな状況であれ、コックピットから出ていくような人間に操縦桿を握る資格はない。不服がある場合は、2日以内に監査室に申し立てをしなさい。以上だ」

香田はさっさと踵を返した。

「――言い忘れたが、水島キャプテンの引退の件は聞いた。不完全なパイロットが一人減って、監査室としては安心したよ」

香田が振り返って付け加えた。すると、元は顔色を変え、いきなり香田の胸ぐらにつかみかかった。が、香田は動じることなく、鋭い眼差しで元を見ている。元は胸ぐらをつかんだまま、香田とにらみ合っていた。

「俺がコックピットを出たことは、どう言われても構いません。でも、水島さんを侮辱するのだけは許せない――」

新海元は香田をにらみつけた。

「人の心配をする暇があったら、まず自分自身の心配をするんだな」

香田が冷たく言い放つ。元は悔しそうに唇をかみしめ、やがて猛然とした足取りでタクシー乗り場に向かっていた。ふと気がつくと、歩実が少し離れてついてきている。

「なんだよ？　用がないならついてくんなよ」

元はそっけなく突き放した。どうも、歩実にはかっこ悪いところばかり見られている。

「ついてってるわけじゃありません。ハンガー、こっちなんです」

歩実は怒っているように言った。ふたりはしばらく黙ったまま歩いていく。

「――謝りに行ったら？　ムカつくのわかるけど、パイロットがコックピット出ちゃいけないのは、ほんとだから」

歩実がめずらしく干渉してきた。

「俺、あんなサイボーグに謝るくらいなら、パイロット辞めたほうがましだよ」

元はやけになって言い捨て、タクシーに乗り込んだ。歩実にああ言ったものの、元は自分の分《ぶ》が悪いのも重々わかっていた。が、一度意地を張るとなかなか撤回できないところは父親ゆずりだった。

翌日から、元の自宅待機の日が始まった。夜は缶ビールを飲んで寝て、正午近くになって起き出していた。ボサボサ頭のまま、ふらふらとキッチンへ行くと、床に置いていた缶ビールを蹴ってしまい、飲み残しがこぼれた。元は落ちていた布で拭くが、それがパイロットシャツだったりする。なんてことだろう。元は慌てて洗濯を始めた。

ベランダでシャツを干しながら冬の晴れた空を見上げると、飛行機が飛行線を残して飛んでいた。元は会社のことを思い出し、落ち込んだ。すると、隣から女の笑い声が聞こえてきた。そっと隣室のベランダをうかがうと、朴美淑が男といちゃついている気配がする。

「……ショウちゃん、帰ってきたんだ」

元はつぶやきながら、隣室を覗くようなことをした自分にため息をついた。真冬の冷たい風が元の頬を撫でていく。要するに手持ちぶさたなのだ。


元の謹慎処分のニュースはCAのロッカールームでも話題になっていた。

「自宅謹慎1週間だって」

「監査室の香田キャプテンを殴ったんだって」

「うそぉ……。あの香田を！」

「ほんとですよ。香田キャプテン、鼻血出したとか。や、歯が折れたって言ってたかな」

噂はエスカレートし、ついには元が会社を辞めるという話にまで達していた。

「──ちょっと。いいかげんな噂話を広めてるのは誰？」

富樫のり子がCAたちをたしなめた。

「廊下まで、まる聞こえだったわよ。気をつけなさい」

のり子は言いながら、元と香田の間に何が起きたのか、神妙な顔つきで考えていた。

香田は新海元にこだわっている。のり子は意外だった。それにのり子が知っている最近の香田なら、今回のように中途半端な処置などありえない。のり子は思わずマネージメントセンターに向かっていた。香田がちょうどフライトから戻ってきたところだ。

「聞きました。新海くんの処分──」。のり子は香田の背中に話しかけた。「行き過ぎじゃないでしょうか」

「クビにしてもいいくらいだ。新海元はパイロットの資質に欠けている」

香田は振り返って、表情を変えずに告げた。

「私は……そうは思いません。そりゃあ、まだ若いし、無茶なところもあるけど……でも、パイロットにとって、何が大事か、彼はちゃんとわかってると思います」

のり子は元をかばっていた。自分でも意外だった。

「これは、我々パイロットの問題だ。CAが口をはさむことではない」

香田はにべもなく言って立ち去った。のり子は香田の後ろ姿を見ながら、不思議な思いだった。元をかばいながら、自分は何を香田に言いたかったのだろう。


その頃、緒川歩実はハンガーで、仕事から上がる前の工具点検をしていた。整備士は工具箱から部品が一つなくなっても必死の思いで探さなければならない。どんなところに紛れ込むかわからないからだ。

「緒川、知ってるか？　副操縦士の新海さん、自宅謹慎だって」

先輩整備士の阿部がなぜか愉快そうに言った。

「何やったんだろうな。香田キャプテンも厳しいよな。そう思わない？」

「あたしには関係ありませんから」

歩実はそっけなく答えて、ハンガーを出た。歩きながら、歩実は新海元のことを考えていた。素直に謝れないところが、自分に少し似ている気がした。

歩実は早番勤務を終えて帰宅すると、自転車に乗って、姉に頼まれていたクリーニングを取りに出た。その帰り、ふと隅田川の河原を通りかかると、小学校低学年くらいの男の子3人がいた。歩実はふと自転車を止め、子どもたちの様子をながめた。

男の子たちは広告紙で作った紙飛行機を飛ばしている。が、すぐに墜落してしまう。歩実は黙って見ていたが、そのうちにうずうずしてきた。黙っていられず、指導に行こうとすると「だめだめだめ」と河原で寝ていた男が立ち上がった。元である。

歩実は元の姿を見て一瞬ドキッとしたが、そのまま様子をうかがった。

「それ、もうちょっと羽根に張りをつけないと飛ばねえよ。貸してみ」

元が手を出すと、男の子たちは警戒の表情で身体を硬くしている。

「ん？　飛ぶようにしてやるから、ほら――」

元は笑って手を差し出している。

「こわいおじさんとしゃべっちゃいけないもん」

男の子たちはうなずき合っている。

「怖いおじさんじゃないでしょ。見てわかんねえの、お前ら」

元は苦笑しながら、男の子の手から紙飛行機を奪い取った。

「いいか？　よく見てろ。紙の強度に合わせて無駄な部分を落とすんだ。そうすれば羽根に張りがつくだろ。でもって、両羽根の角を、少し折り曲げて風をはらむようにしておく」

元は真剣な顔で紙飛行機の無駄に長い後ろ半分を切り取った。男の子たちは興味津々の目で見入っている。

「飛行機は、風の力をうまくひろって、その力をなるべく逃がさないほうがよく飛ぶわけ。だから、羽根の張りを大切にして、無駄な部分は切り捨てちゃう」

元はいきいきと目を輝かせながら説明している。歩実は元の少年のような表情を見てうれしくなった。飛行機が好きなんだな、と思った。

「頭いいね」

ひとりの男の子が感心した。

「ん……？　や、別に頭はね。――はい、できた。飛ばすときは、こう構えて、飛ばしたい方向をちゃんと定めて、スイッと飛ばす。風に逆らわないように。絶対、リキんじゃだめ」

元は手つきを指導してから紙飛行機を渡した。男の子は元を真似て紙飛行機を飛ばした。それは、風を受けて遠くまで飛んでいく。男の子たちは喜びの声をあげて追いかけていった。

「……リキんじゃだめ、か――」

元はつぶやいた。

歩実はひとりになった元に声をかけようと近づいた。その時、後ろから元を呼ぶ女の声がした。深浦うららだった。うららは歩実の脇を通りぬけて、元のほうへ向かっている。元は歩実には気づかず、満面の笑みで近づいてくるうららに驚いている。

歩実は何となく気まずく思い、その場から去ろうと歩き出した。

「何笑ってんの、こんなとこで？」

元はそっけなく言った。するとうららはいきなりふくれっ面になって話し出した。

「ひどいですよね、香田キャプテン。新海さんはキャビンのトラブルを抑えようとしてコックピットを出たんですもん。頭に来て当然だと思います」

「……だから？」

元はうららの言いたいことがわからない。

「だから、ごはん食べに行きましょう！　落ち込んでるでしょ？　謹慎なんて。そういう時はおいしいもの食べて、楽しい会話をするに限ります」

「……楽しい会話って……」

「あ、私となんかしゃべっても楽しくないって思ってるでしょう？　大丈夫です。しゃべってるうちに楽しくなります。そういうもんです。男と女は。さあ――」

うららは強引に元の手を取り、引っ張っている。とことんめげない性格らしい。

元はうららに引かれ土手を上がると、ようやく歩実に気づいた。歩実はこっそり見ていたようで何だかバツが悪かった。元が手を振りはらって、歩実に近寄ってくる。

「なんですか？」

歩実はうざったそうに言った。

「いや……。もしかして……来てくれた？」

元はなぜかうれしそうに頭をかいている。

「うぬぼれないで。あたしの家、佃なんです。たまたまクリーニングを取りに来ただけ」

歩実がムキになって答えていると、「誰なんですかー？」とうららが寄ってきた。

「新海さんの彼女ですか？」

「違います」

歩実は速攻で否定した。

「よかった！　あたし、全日空でＣＡやってる深浦です。彼と一緒にお仕事してるんです」

うららは勝手に自己紹介を始めた。

「っていうか、この人もうちの整備さんだから」

元が割って入ると、ふうん……と、うららは歩実を値踏みするように見ている。

「この人とかって勝手に紹介しないでよ」

歩実は抵抗した。

「でも、なんで整備さんが新海さんに会いに来るの？　もしかして、傷ついたところにつけこんで、仲よくなっちゃおうとか思ってたりして？」

うららが挑戦的な目で歩実を見た。

「私はそうよ。堂々と言えるわよ。新海さんと個人的に親しくなりたいの。恋人になりたいの。もっと言えば、結婚したいの」

うららの挑戦的な発言を歩実は不思議な気持ちで聞いていた。

「何それ。飛躍しすぎでしょ」

元はずけずけ言ううららを前に、照れを通り越して、呆れている。

「飛躍じゃないわよ。この人だって、同じはずよ。カッコも条件もいいパイロットとつきあいたいし、できれば結婚したいって思ってるんでしょ――」

「――一緒にしないで。あたしはちゃらちゃらしたパイロットなんか、興味ないの」

歩実はムッとして言い返した。

「よかった！　パイロットと整備士ってちょっとありえないですもんね」

うららは馬鹿にした顔で笑っている。

「だいたい、この人、今、パイロットじゃないし――」

歩実はカチンときて、元をにらんだ。

「飛べないパイロットは、パイロットじゃないから――」

歩実は自転車に乗って去った。


歩実が家に戻ると、姉の香織は病院の勤務から戻って食事の支度をしていた。

「お帰り。ごはんできてるよ」

歩実は仏頂面でクリーニングの袋を置くと、冷蔵庫からビールを取った。

「なんかあったの？」

姉がムカムカしている様子の歩実にたずねた。

「別に。ほんとちゃらちゃらしてて、ヤだなと思って」

「ちゃらちゃら？　なにが？」

「パイロット。ちょっとモテるからって、ＣＡとちゃらちゃらしちゃって。馬鹿みたい」

歩実は缶ビールを開けて、勢いよくぐびぐび飲んだ。

「へえ。気になるんだ。そのパイロットのことが」

姉は歩実の表情から察した。

「……んなわけないじゃない」

「でも、歩実が、家で男の人の話するなんてめったにないからさ」

姉は冷やかした。

「仕事の話よ。パイロットがチャラチャラしててムカついたっていうだけの話だから……」

歩実の様子を姉は微笑ましい思いで見ていた。両親の死後、歩実と香織は別々に親戚に引き取られて育った。そのせいか歩実は自分の気持ちを表現するのがヘタだった。親代わりの姉としては、不器用な歩実のことがいつも気がかりだったのだ。


元はマンションに戻ると、コンビニで買ってきたおにぎりを食べ始めた。うららにはしつこく誘われたが、食事には行かなかったのだ。

おにぎりを頬張りながら、ふとテーブルの上のフライトマニュアルに目がいく。元は無理やり目をそらすが、今度はクロゼットの前にかけたパイロット帽が目に入ってしまう。元はため息をついて、ブレザーのポケットから水島がくれた機長の肩章を取った。

『お前は、きっといいキャプテンになる――』

水島の言葉を思い出した。

「飛べないパイロットか……」

元はつぶやいた。何がつらいといって、飛行機に乗れないことが一番こたえていた。

翌週、元は謹慎が解けると、成田マネージメントセンターにフライトバッグを引いて出勤した。1週間ぶりのフライトに心も弾み、笑顔でディスパッチルームに入っていく。同期の安住が不思議そうな顔で見ている。

「お前、何しに来たの？」

「何しにって、謹慎とけたし」

元は当然といった顔で答えた。

「俺、お前の代わりに飛べって言われたぞ。シフト替わったの、知らないの？」

安住に言われて、元は青ざめた。大急ぎで運航監査室を訪ねると、香田は涼しい顔で書類をチェックしているところだった。

「どういうことですか？」

元は高ぶる気持ちを抑えながらたずねた。

「何がだね？」

香田はしらばっくれた。

「部長から聞きました。あなたが俺のフライトを全部、シフトからはずしたって……」

「そのことか」

「そのこと以外にありません。一体、どうしてなんですか？」

元は香田に詰め寄った。

「謹慎中、君は空を飛んだか？」

香田は元の質問には答えず、妙なことを言い出した。

「――はい？　飛べるわけないじゃないですか」

「客としてなら飛べるだろう」

香田はようやく顔をあげると、ジロリと元を見た。

「じゃあ、1週間も何をしていた？　パイロットとして」

「……パイロットとして？」

「空を飛ばないときも、君がパイロットであることに変わりはないはずだ」

「何が言いた……おっしゃりたいんですか？」

元は香田の真意がつかめない。

「じゃあ、小学生でもわかるように言ってやろう。謹慎中に君が何を学んだかを聞いている」

「学びたくたって、何も学べないじゃないですか。パイロットは空を飛んで、いろんなこと身につけていくしかないでしょ」

元が答えると、香田は冷ややかに一瞥《いちべつ》した。

「――謹慎期間を延長する。追って通知するので今日は帰りなさい」

香田は言って、仕事に戻るべく受話器を取り上げた。元は我慢の限界に達した。

「一体、なんなんですか？　なんで謹慎延長なんてことになるんですか？」

元はフックを押さえて、香田の電話を制した。

「現在の君は、パイロットとしてあまりに不完全だ」

香田は答えた。

「不完全……。一体、俺のどこがどう不完全なんですか？　言ってくださいよ、この際はっきり。俺の何がそんなにいけないんですか？」

元は食い下がった。香田は受話器を置くと、まじまじと元を眺めた。

「謹慎しても無駄なようだな。君には飛ぶ資格がない。パイロットを辞めてもらおう」

「……クビってことですか？　そんな権限あるんですか」

「役員会に申請する」

「――会社にはパイロットになるために入ったんです。それなら、辞表を出します」

元は頭を下げて香田の部屋を出た。悔しかった。香田が何を言いたいのかわからない。元は唇を噛みしめて、大股で廊下を歩いていく。すると、フライトを終えたばかりの内藤ジェーンがやってきた。

「あ、内藤キャプテン、お世話になりました」

元は頭を下げた。

「俺、辞めるんです」

「やめるって、なにを？」

元は廊下をずんずん歩いていった。ジャケットを脱ぎ、ネクタイをゆるめた。行きかうパイロットやCAたちが、元のただならぬ様子に驚いている。

フライト前ののり子が元の様子を見とがめた。のり子は元を成田空港内のカフェに誘った。

「ミルクだけでよかったわよね」

のり子がコーヒーを運んできた。

「すみません。あ……うまいっす。でも、よく覚えてますね。俺のコーヒーの好み」

元は恐縮した。幾度かコックピットに運んでもらっただけだったのに。

「クルーのお茶の好みくらい覚えるわ」

のり子は笑った。

「昔から、そんなに仕事ができたんですか」

「大げさね。誉め殺し？」

のり子は軽くかわす。

「いや、本当にそう思うんで」

元はのり子の職業意識の高さに感心していた。

「新人の頃、お客様にお尻を触られたことがあってね――」

のり子はなつかしそうに話し始めた。

「やめてくださいって言ったら、ウェイトレスのくせに気取りやがってって言われたことがあるの」

「……それで？」

「あったまきてね、『ウェイトレスだってお尻触らせません。お客さん、どんな店、行ってるんですか』って思わず怒鳴っちゃった。――うん。今は、もうそんなこともないけどね」

のり子は思い出しながら愉快そうだった。

「そりゃ、今は怒鳴らないでしょ」

「……そうじゃなくて、もう、年齢的に触られなくなったってこと」

「ああ……」

「そこは納得するとこじゃなくて、いえいえ、まだまだ現役ですって言うとこでしょ」

のり子は苦笑した。

「すみません。ダメだな俺……」

元は困ってコーヒーを飲んだ。

「ほんとに辞めるつもり？」

のり子がふいに真顔でたずねた。

「あいつに土下座までして飛びたくないし……」

元は歯切れ悪くつぶやいた。

「でも、個人的な好き嫌いで仕事をする人じゃないわよ、香田さんって」

のり子はまっすぐに元を見ている。

「私は止めないわよ、新海くん」

のり子にきっぱりと突き放されて、元は自分が情けなかった。

「あなた、さっき、私の持ってきたコーヒー、おいしいって言ってくれたわよね？」

「はい……」

「だから、私は辞めない。そういうことよ、仕事なんて。でも、もしあなたに、これだってものがないんなら、辞めるしかないわね」

元は何も言い返せなかった。

「じゃ、私、フライトの時間だから」

のり子はきびきびと立ち上がって去っていった。


「緒川、知ってるか？　副操縦士の新海さん。辞めるらしいぞ」

ハンガーで作業中、阿部が言った。歩実は突然のことに驚いた。

「聞いた聞いた。なんかまた監査の香田キャプテンとやりあったんだって」

整備の仲間たちが噂を始めた。

「結局は向いてなかったんだよ。あの人、パイロットに」

阿部はなぜかうれしそうに言った。

「さてと、電気系統終わったから、その辺でメシでも食うか。おい緒川、お前も行くぞ」

阿部たちは上機嫌で事務所に上がっていった。ひとり残った歩実は元のことを考えていた。あれから何があったのだろうか。香田とまたもめたのだろうか。ふと顔を上げると、ハンガーの入り口に香田が立っていた。歩実はあまりのタイミングに驚いた。

「機長の香田だが、今日、自分が飛んだ389Aの第3エンジンをリチェックしてほしい。気圧が変化すると第3エンジンだけ、ちょっと咳き込む感じで不安定になるんだ」

「あ、はい……」

歩実はボードを手にして確認しながら項目を書き込んだ。

「わかりました。リチェック入れておきます」

歩実が緊張しながら言うと、香田はふっと笑みを浮かべた。

「ご苦労さん――」

香田は踵を返して去っていった。

歩実は初めて見た香田の表情に驚きながら、悪い人じゃないような気がした。それに、飛行機のエンジンの具合をあんなふうにこまやかに表現するパイロットは初めてだった。


その晩、成田のバー・イーグルでは内藤ジェーンを中心に、CAたちが集まって飲み会が開かれていた。イーグルはアーリーアメリカンな雰囲気で居心地がよく、社員たちのたまり場だった。

「もし、結婚するとしたら、CAとGH《グランドホステス》とどっちがいいですか?」

ジェーンは質問されてすっかりご満悦の表情だ。

「いやー、どっちかなあ。CAさんもグラホさんもいずれ劣らずきれいだし。うーん。CAさんは一緒に海外へ行く愛人で、グラホさんは地上に残した恋人って感じかなあ」

ジェーンが答えていると、うららが元の腕をつかんで店に連行してきた。

「新海さんを連れてきました!」

「なんすか、これ……」

元は迷惑そうに列席者を一瞥した。

「決まってるでしょう。新海くん、君の送別会だよ」

ジェーンはやけにうれしそうだ。

元は座るなり、辞めてどうする気なのかと、矢継ぎ早に質問攻めにされた。

「考え直してください。パイロット辞めたら、ただの人になっちゃいますよ」

うららはいつになく真顔だ。

「……俺、ずっと、ただの人だよ」

元はつぶやいた。

「私にただの人と結婚しろって言うんですか。もう二度と、ジャンボの操縦できないんですよ。新海元の株価暴落です」

うららが抗議した。

「別にいいよ。ほかの仕事だってできるし。あ、ウチの商売、継いだっていいし」

元は憮然とした顔で、ワインを飲み始めた。

「悔しくないんですか。香田さんなんかのために辞めるなんて」

女の子たちから香田への不満が飛び交い始めた。

「そうよ。私なんて新人のとき、ドリンクこぼしただけで、めちゃめちゃ怒られて、以来、一緒には乗せてもらえないのよ」

「私も、君の化粧はけばいって言われたことありますよ」

「まあ、あいつは外様だからね――」

ジェーンが笑いながら解説した。

「外資のグランドシェア航空から移ってきたんだ。なんか事情あったんじゃないの。誰とも群れないし、上も扱いにくいもんだから、嫌われ役の監査室に閉じ込めてさ」

元はふうんという顔で聞いていた。

「新海さん、辞めるの撤回できないんですか?」

うららがまた話を蒸し返した。

「無理だよ。もう辞めるって言ったんだから」

元は決まり悪そうにつぶやいた。

「そりゃそうだ! 武士に二言はない。パイロットにはもっとない!」

「……なんか、すっげえうれしそうですね、内藤キャプテン」

元はたじろいだ。

「そりゃうれしいよ。独身のオスがひとりでも辞めたら、もてるようになるもん。ね!」

ジェーンは慣れ慣れしくCAの肩に手を回した。

「あんたは何やってもモテないの!」

CAが思わず手を振りはらうと、「キャプテンになんという口のきき方です」と言いながら、太田がやってきた。

「皆を監督しに参りました。堀田さん、庄司さんは明日、フランクフルト便、深浦さんはパリ便です。明日は長距離便がひかえているんですから。さ、さ、ウーロン茶に替えましょう」

太田はウーロン茶を注文した。

その時、店の扉が開いて、整備部のメンバーが入ってきた。元が見ると、ちょうど歩実と目が合ってしまった。歩実はツンと目をそらした。

「あ、この間ごめんね」

元は歩実に声をかけた。

「誰？」

GHの千佳が太田にたずねた。

「整備部の方たちでございます」

「何してるの。同じ会社の仲間じゃない。入んなさいよ」

ジェーンがうながし、阿部たちは隣のテーブルに合流した。歩実は一番端の、離れた椅子に座る。

「同じ会社なのにずいぶんと感じが違いますね。やっぱ、男の職場って感じ」

うららが歩実に当てつけて言った。

「君、そういう言い方は――」

阿部が気分を害して立ち上がった。

「ごめんごめん。酔ってるから。なんせ、今日はこいつの送別会でさ」

ジェーンは元を指した。

「聞きました。急ですよね。短い間でしたけど、お世話になりました」

阿部は言って、整備部の仲間と顔を見合わせた。歩実はツンとそっぽを向いたままだ。元は酒を飲みながら、ちらちらと歩実のほうを気にしている。

元は落ち込んでいるせいか、どうも調子が出なかった。トイレで酔いをさまそうと顔を洗っていると、そこへ太田が入ってきた。元は「うわ！」と声をあげてしまった。

「……すみません。太田さん、いつも女性の輪の中にいるから」

「れっきとした男子でございます」

太田は元にハンカチを差し出して便器に向かった。

「すごいっすよね、太田さん。どんな時も笑顔でちゃんとしてて、パーサーの鑑《かがみ》っていうか」

元は太田のハンカチで顔を拭いた。

「――新海さん、クレームセンターってご存じですか?」

太田は唐突にたずねた。

「客室乗務員に対するお客様のクレームを処理する部署です。けしからんＣＡがいたと言われたら謝りに行ったり、手紙を書いたり……」

「ああ、聞いたことは……」

「私、２年間、そこにいたんです」

太田は用を終えて、元の隣で手を洗った。

「えっ、太田さんが？」

「……地上に降ろされたんです。機内で酔っ払った乗客から態度が悪いとクレームをつけられて、その時の機長が香田キャプテンでした」

太田は笑顔を浮かべながら話しているが、元には無念さが伝わってきた。

「私は今でも、その時の私の応対に間違いはないと思っておりますが、香田キャプテンはクレームをつけられるだけで、パーサーとして失格だとおっしゃられて」

「ひどいっすね」

元は思わず声をあげた。たった一度のことで判断するなんて、香田が理解できない。

「辞めてしまおうかと思いましたが、ここで辞めては、私の非を認めることになると思い、なにくそと頑張りました。日本一のパーサーになって、香田キャプテンを見返してやると――。今になって思えば、クレームセンターでの2年で、お客様が何を求めているのかを骨の髄の髄までたたきこまれた気がいたします」

太田はハンカチでていねいに手を拭いた。

元はそこまで堪え忍んだ太田に驚いていた。2年は長い。

「かと言って、香田キャプテンに対する憎しみは変わりませんが。ああ、そうそう。私、先週、パリに新しくできるあるホテルから、コンシェルジェにならないかと誘いを受けました」

「すごいじゃないですか」

「もちろんお断り申し上げました。私は世界一のパーサーをめざしていると申し上げて」

太田は最後にニッと鏡の中の元に微笑んだ。


元がトイレから戻ると、歩実は上着を着て帰ろうとしていた。

「もう、帰んの？」

元が声をかけると歩実はツンとそっぽを向いた。

「なんだよ。また無視かよ」

「見損なった。もっとましな人だと思ってた」

歩実はそっぽを向いたまま言った。

「あなたにとって、空を飛ぶっていうことはそんな程度の重さだったんだ」

歩実は失望したように言って出ていった。元は核心をつかれて呆然とした。見損なったという言葉がこたえる。


翌日、元は川崎の実家をのぞいた。

「あ、兄貴、どうしたの。突然」

弟の誠が言った。元は居間に上がろうかと思ったがやめて、店の椅子に座った。

「ミスでもしたわけ？　いろいろあるさな、新人のうちは」

誠が大人ぶった口調でからかっていると、仕事を終えた良治が戻ってきた。元は決まり悪く、軽く会釈したが良治は目も合わせず居間に上がってしまった。

「誠、ここ開けてると冷えるだろうが」

良治は店との間の障子を閉めようとした。元は手を出して止める。

「あらら、たてつけが悪くなったな」

良治は元を幽霊のように扱う。

「……ただいま」

元がつぶやくと、良治はフンと背を向けて居間に座った。

「俺……辞めたから」

元は告げた。

「辞めたって……まさかパイロットじゃないよな？」

誠が驚いている。

「……たまげた。どーすんの、実際、これからの人生？」

「戻ろう、かな……って」

「親父、兄貴が変なこと言ってる」

「えらそうに、啖呵《たんか》切って出てったくせになに言ってる。って、言っとけ」

良治は誠に言った。

「……そう言うと思ってたけど。って言って」

元は力無く返した。

「早く出ていけ。ってぶん殴っとけ」

良治の声は意外にもやさしい。そしてひとりごとを言うように続けた。

「——海の上じゃあな、全ての責任がキャプテンにある。船に乗ってるクルー、乗客、そしてその家族。全員分の生命や人生を一身に背負って、どんなひでえ嵐の中でも自分の知恵と根性ふりしぼって、乗り切っていかなきゃなんねえ。それが海の男だ。——ちょいとくれえの波しぶきくらったからって、船から真っ先に逃げ出すような奴に、船長の資格なんかねぇ。空の男は違うのか？　あっちのシップの船長は、そんなにくだらない奴らなのか、……って言っとけ」

「……聞こえてるよ」

元は苦い顔で店を出た。まいった。父にはすっかり見破られている。

元は無性に飛行機が見たくなり、成田空港までジープを走らせると、ハンガーに向かった。


ハンガーでは歩実が工具でフラップの音診をしているところだった。しんと静まりかえったただっぴろいハンガーの中で、歩実はひとりで孤独な作業を続けている。時折かじかむ手に息をふきかけ、工具で叩いた音の反響を聞くために、息を殺している。

「いや、なんか無性に飛行機見たくなって。……夜勤？」

元はたずねた。歩実に会うとは思わなかったが、会えてうれしかった。

「ううん。気になるとこあったから」

「へえ」

元は興味深そうに歩実の工具箱をさわり始めた。

「あ、だめ」

「いいでしょ、さわるくらい」

「ここをどこだと思ってるの？　ハンガーではボルト1本なくしたって、見つかるまで徹夜で探すのよ。万一、エンジンの中に入ってたりしたら、大変でしょ」

元は素直に謝った。

「ごめんなさい」

「あのさ――」

元は作業を続ける歩実に話しかけた。

「ぶっちゃけ、しびれたよ。ゆうべの……見損なったっていうの」

歩実は元を無視して作業を続けている。

「つーか、見損なわれて当然だよな。俺もそう思った」

元は歩実が聞いていてくれると思って話を続けた。

「俺、明日、辞表、撤回してくるよ。香田さんに土下座しても、やっぱ、俺は空、飛びたい。死ぬまで、ずっと、空、飛びたいよ――」

元は自分でも思いがけず、歩実に本音を話していた。

「中学のときにね——」

歩実がふいに口を開いた。

「一番仲のよかった子の両親が死んだの。飛行機事故で。すごいかわいそうだった。仲いい家族だったのに、お父さんもお母さんも死んじゃって、お姉さんとは別々の親戚に引き取られて——」

歩実は淡々と他人ごとのように話している。

「でもね、その子、言ってた。お父さんとお母さんが死んじゃった事実よりも、お父さんとお母さんがどういう気持ちだったんだろうなって考えるときのほうがつらいし、悲しいって。私、ちょっとわかる気がする……」

「それで、お前、整備士に……？」

「もちろんそれだけじゃないけど。影響はあったかな。すごく仲いい子だったから」

「そっか……」

元は歩実の思いを知って、胸が熱くなった。

「仕事、戻るけど」

歩実はもとのそっけない顔に戻った。

「あ、わりい。——ありがとうな」

元はハンガーを出る前に歩実に言った。

「風邪ひくなよ——」

扉を閉めながら、元は歩実の気持ちがうれしかった。話せてよかったと思った。

翌日、元は運航監査室の香田のデスクの前に立っていた。

「お願いします。やっぱり、空、飛ばせてください。辞めるの、撤回させてください。お願いします——」

元は深く頭を下げた。

「君に空を飛ぶ資格があると言えるのか」

香田は机の上で手を組み、低い声でたずねた。

「今なら、言えます」

「では、あの時、独断でコックピットを出たことも、反省しているということでいいな」

「いえ——」

元は言った。

「俺は……パイロットがコックピットを出たほうが、シップを守れると判断したときは、出たって構わないと思います。そのほうが乗客やクルーを守れると思ったら、キャビンへ出てって、乗客と話したっていいと思います」

元は昨夜ひと晩考え抜いたことを、言葉をていねいに選びながら告げた。

「パイロットの仕事は操縦桿を守ることだ」

香田はきっぱりと言った。

「――パイロットの仕事は、生命を守ることです」

元は言い返した。

「マニュアルとかルールって、もちろん大事ですけど、飛行機って、いろんな人が乗って、いろんなところへ行くわけで……。それって、いつも、1回こっきりの旅っていうか、出会いっていうか……だから、考えられないようなヤバイことも起こるし……。でも、そういう時こそ、自分らパイロットが、シップのキャプテンとして、お客さんやクルーの生命を守らないといけないと思うんです。絶対に守ってやるって……全員の生命、守ってやるって、腹をくくって、パイロット自身が判断することも必要なんじゃないかって……。それが、本当に、空を飛ぶ人間の責任じゃないかって思います」

元は香田をまっすぐに見て言った。香田は組んでいた手をほどいた。

「君への退職勧告を役員会に申請したら却下された。仕方あるまい。パイロットの養成には莫大な金がかかっている。もとをとるまでは、働いてもらわないと困るということだ」

香田は元を見つめた。

「乗務復帰は火曜の香港便だ」

「……はい」

元の心に喜びが満ちた。

「言っておくが、私は君の意見を認めたわけではない。君はまだまだ不完全なパイロットだ。思い上がるな」

「ありがとうございます」

元はもう何を言われてもよかった。また、飛行機に乗れるのだ。


火曜日、東京の空は晴れていた。元は久しぶりにパイロットシャツを着て、ブラックタイを締め、腕時計を右手につけた。

元がディスパッチルームにフライトバッグを引いて入っていくと、ディスパッチャーが笑みを浮かべて書類を出す。そこへ機長の内藤ジェーンがやってきた。

「おはようございます。あの、よろしくお願いします」

元はいつになく殊勝に言った。

「憂鬱だなあ。せっかく恋のライバルがいなくなったと思ったのによう」

ジェーンは舌打ちをして、笑いながら元の背中を叩いた。元はコーパイ席に復帰した。


コックピットでフライトデータを入力していると、インターフォンが入った。

『おはようございます。整備の緒川です――』

歩実は機体の下で話しているらしい。

「おはよう。整備は完璧?」

元は笑顔でたずねた。

『当たり前でしょ。誰がやってると思ってんのよ』

「俺の便だから、いじわるして手抜きされてるかと思ってさ」

『冗談言わないで。あなたが飛ぶ飛ばないに関係なく、整備はいつも念入りです。うぬぼれないで――』

元はいつものごとくぶっきらぼうに答える歩実がうれしかった。


香田は元の乗ったジェット機が飛び立つのを空港ビルの屋上で眺めていた。

「新海くんの謹慎、解いてくれたのね。ありがとう」

フライト帰りののり子が現れて言った。

「君に礼を言われる筋合いはない。役員会の決定だ」

冷たく答える香田を見て、のり子はおかしそうに噴き出した。

「今日ね、西田常務が私の便に乗られたの。新海くんの退職勧告の話なんて、ぜんぜん聞いてないって。彼の退職を役員会にはかったなんて、嘘だったのね」

「たまたま、役員会にはかるタイミングがなかっただけだ」

香田は視線を落とした。

「相変わらず、嘘が下手ね」

微笑むのり子の前で香田はバツが悪くなり、スタスタと立ち去った。

のり子は香田の後ろ姿を見送りながら確信していた。香田は新海元にこだわっている。元に何かを感じているらしい、と。

元の乗ったジャンボ機は、雲海の上に出て、安定飛行に入った。

「よっしゃ、新海。今日の機長アナウンスは任せた」

ジェーンが元の復帰記念に花を持たせた。

「え、まじ、すか？」

元は戸惑い気味にマイクをつかむと、考えながら機内アナウンスを始めた。

「――本日はご搭乗ありがとうございます。副操縦士の新海です。……えー、当機はただいま、香港空港に向けて飛行中です。……えー、私は今、空を飛ぶ喜びと、空を飛ぶ責任を感じながら、操縦席に座っております。どなた様にも思い出深い空の旅となりますよう、コックピットよりお祈りいたします――」

前方に広がる雲海に、元は目を細めた。

「――では、良い旅を。グッドラック!!」

元はマイクを切り替えて、ほっとひと息ついた。それを見て、ジェーンが微笑んだ。

元はじっと正面の雲海を見つめた。無性にうれしかった。帰ってきた、と思った。

#03
GOOD LUCK!!

携帯の着信音で目が覚めた。

「もしもし――」

元はもぞもぞと床に転がった携帯に手を伸ばした。

「新海《シンハイ》 先生《シエンション》、你醒來了《ニーシンライラ》。我有話跟你説《ウオヨウホアゲンニーシュオ》（新海くん、おめざめかい？ ちょっと話があるんだ）」

中国語に続いて、激しく咳き込む音が聞こえた。

「ジェーンさんでしょ？ やめてくださいよ。変なイタ電――」

元はうんざりしながら携帯を切った。そして、布団をかぶって二度寝に突入しようとしてから、元はハッと気づいて起き上がった。

「フライトだ……」

元は大慌てて着替えて成田に向かった。思いがけず床の上で爆睡してしまった。昨夜、雪が降ったのでテレビで天気予報を見ているうちに、つい眠ってしまったのだ。

どうもこのところ真剣さが裏目に出てしまう。元は車を走らせながら、相変わらずシフトに慣れない自分にも呆れていた。

元は副操縦士として月に10回ほどのフライトが割り当てられている。定期訓練、スタンバイという急な事態に備えての待機の日もある。休日は月に10日。ふつうの会社勤めと比べたら、元の勤務は変則的だが自己管理も含めてパイロットの仕事なのだ。

この日のフライトは香港だった。成田のディスパッチルームには社内規定で、フライトの90分前に集合することになっている。副操縦士はそこで、機長と一緒に、ディスパッチャーからフライトに関する情報の説明を受けるのだ。

元は予定の5分前にギリギリセーフで成田マネージメントセンターに到着した。すると、香田がディスパッチルームで天気図を確認しているところだった。元が慌てて駆け込むと、香田がチラッと横目で見た。元は香田に一礼してからカウンターへ向かった。

「911便香港行きの新海です」

「フライトプランはキャプテンにお渡ししました」

ディスパッチャーが言った。

「……？　内藤キャプテンはまだ入ってないはずですけど」

元があたりを見回すと、香田がフライトプランを元の鼻先に突きつけた。

「内藤キャプテンは風邪で欠勤だ。代わりにスタンバイの私が飛ぶ——」

えーっ。元は心で叫んでいた。香田がキャプテンを務める機に乗るのは初めてだった。

元は香田の後ろについて乗員コンコースを歩きながら、少し緊張していた。フライト50分前。元はいったんコックピットに乗り込んでから、保安用のベストを着用して、機体の足回りのチェックを行った。フライト40分前。全日空機911便の前方キャビンで、フライトクルーが集まってブリーフィングが始まった。チーフパーサーの太田が香田にアロケーションチャートを渡して、乗客やクルーの配置状況を伝えた。

「機長の香田だ。本日は、内藤キャプテンが体調不良のため、代わって私が機長を務める」

香田が全クルーの前に立った。太田は並々ならぬ闘志で見、若いCAたちは迷惑顔。のり子だけがふだんと変わらない。

「初めに言っておく。スタンバイ起用は本来あってはならないことだ。自己管理のできない人間はシップに乗る資格はない。風邪はもちろん、寝坊や遅刻もだ」

香田は元を鋭い目でにらんだ。

「……あの、俺、遅刻してませんが」

「しかし、ぎりぎりだった。昨夜は雪が降った。パイロットなら万一を考えて、数時間前にコンディションの確認をするくらいの責任感がほしい。違うか？」

「……いえ、おっしゃるとおりです」

「パイロットだけではない。君たちキャビンクルーも同じだ。朝、目覚めてから、きちんとショウアップし、時間通りに乗客を乗せ無事に乗客をシップから送り出すまでのイメージを持ってフライトに臨んでもらいたい」

香田はにこりともしないで告げた。

「当然でございます、キャプテン。我々は常に最高のサービスをめざしております」

太田は笑顔ながら挑むように言った。

「なら、結構だ。香港までナイスフライトをめざそう」

香田はかすかに笑いを浮かべた。香田としてはコミュニケーションのつもりらしいが、クルーたちの間にはかえって緊張が高まった。

「楽しんでいきましょう」

元は思わずフォローを入れた。

フライト30分前。コックピットに戻った元には右側の副操縦士席でやるべきことがたくさんある。飛行ルートや機体の総重量など、フライトデータを入力していく。

「早速、トラブルだな――」

香田が隣で突然つぶやいた。

「何がですか。何の連絡も来てませんよ」

「わからないのか」

香田は呆れている。

「キャビンのボーディングの状況はどうだ。ドアクローズ5分前だぞ。ボーディング状況の連絡が来てないこと自体がトラブルだろう」

元は慌ててL1のインターフォンを呼び出した。

「もしもし、ボーディングの状況は——」

『申し訳ございません。あと3名のお客様が、まだ搭乗されておりません』

太田の応答に、香田が見てみろという顔をした。元は慌てた。入力に夢中で、配慮が足りなかったのは事実だ。

『今、GHがこちらに誘導中との連絡が入っております。オンタイムでドアクローズできると思います』

「なるべく急いでもらっていいですか」

『それが、民自党の代議士のお客様で……』

太田が言いにくそうに告げた。

しばらくして、缶ビールを手に持った高級スーツに身を包んだ客が乗り込んできた。民自党の代議士・小倉光喜とその秘書二人だった。

『間もなく出発でございます。お飲み物は、あとでお持ちいたしますので』

『偉そうに言うな。だから飛行機はヤダと言ったんだ——』

CAにからむ代議士の口調は酔っぱらいのそれだった。

「何なんすか。この客」

元は呆れた。

「急げ。オンタイムで出すぞ」

香田は構わず平然と告げた。

全日空機911便は離陸した。安定飛行に入ってからも前方キャビンは小刻みに揺れた。

「皆様、ただいまベルト着用のサインが消えましたが、急な揺れに備えて、お座りの間は座席ベルトをお締めください」

のり子が機内アナウンスに立った。うららは先輩CAとギャレーでミールカートの中身をチェックしながら、遅れてきた政治家についての噂話をしていた。

「国会中継ですごい怒鳴る人よね」

「うるさそう。ワイン揃えとかなきゃ」

のり子は大声で話すうららたちを目線でたしなめた。ファーストクラスの小倉光喜は、固くハンカチを握り締め、時折、握り締めたハンカチで、額の汗を拭っている。

「お客様、客室の温度はいかがでございますか？」

のり子は笑顔で通路にひざまずいた。小倉は答える代わりに血走った目で見ると、いきなり、のり子の手をむんずと摑んだ。

「お客様、いかがなさいました？」

のり子は慌てることなく、言った。

「……降ろせ。この飛行機から降ろしなさい！」

小倉の手は小刻みに震えていた。異変を察した太田が小走りにやってきた。のり子は目と手で太田に事情を合図した。太田はコックピットの緊急コールを鳴らす。

「L1の太田です。ファーストクラス3のBにご搭乗のお客様が降ろしてくれと騒いでおられます。お客様は民自党の小倉光喜代議士で、私の見たところ、極度の緊張状態によるパニック発作かと――」

小倉はシートで、のり子の腕を摑んだまま、早く降ろせと顔面蒼白で繰り返している。その脇に秘書二人が困惑したように立っている。秘書が太田に詰め寄った。

「言うとおりにしなさい。先生の身に何か起こったら、ただではすみませんよ」

元はインターフォンを通してキャビンの会話を聞いていた。

『いかがいたしましょうか――』

太田がたずねた。

「そんな簡単に降りられないことぐらいわかってますよね」

『それは承知しておりますが、先方は衆議院議員でして、降ろさないと、問題にすると仰せですので、一応、ご報告を――』

「そんな、議員だろうがなんだろうが関係ありま……」

元が答えていると、横から香田が引き取ってインターフォンに出た。

「わかった。コックピットで判断する。それまで抑えてくれ」

元は隣で平然と操縦桿を握っている香田を呆れ顔で見つめた。

「どうするつもりですか？　まさか国会議員だから降ろすなんてことはないでしょうね？」

「君なら、どうする？　一人の乗客が降ろしてくれと言い出した。どうやらパニック発作らしい。機体は離陸して20分、やや厚い雲の中を通過中だ。さて、君なら、どう判断する？」

香田は問いかけた。

「この雲を抜けたら、水平飛行に入ります。ヨーロッパまでの長距離便ならともかく、香港まではわずか5時間、まんま飛ぶしかないと思います」

「飛行機が怖いとお嘆きのセンセイはどうする？」

「我慢してもらうしかありません。他の300人の乗客の貴重な時間を犠牲にするわけにはいきません」

「……君に聞くのは時間の無駄だった」

香田は言い捨てるように言った。

「じゃあ、香田キャプテンはどう判断するんですか？」

元が問うと香田は答えず、のり子と太田をコックピットに呼んだ。

「直接、小倉氏に接した君たちの判断を聞きたい」

香田は操縦桿を握ったまま告げた。すると、太田が一歩進み出た。

「私は、このまま飛行を続けていただいて、さしつかえないと存じます。今のパニック状態はご気分が落ち着けばおさまりますので、私が責任をもってお相手することで、香港までしのげると考えます」

「私は……エアターンバック、さらには、緊急着陸も考えなくてはならないと思います」

のり子が熟慮の結果を伝えた。

「理由は？」

「小倉先生はパニック発作の既往歴をお持ちです。脈、呼吸の乱れも激しく、このままでは狭心症の可能性もあると考えます」

香田はのり子の判断を聞くと、じっと前方を見たまま結論を下した。

「成田に緊急着陸する。富樫くんは小倉代議士のそばについて。太田チーフは他の乗客に緊急着陸について説明を」

二人が出て行くと、元は険しい顔で香田にたずねた。

「なんでですか？　相手が政治家だからですか？」

「何をしている。成田に戻るぞ。クリアランスをもらえ！」

香田は声を荒らげた。元は信じられない思いだったが機長の判断に従うよりない。

そうして、911便は成田に引き返し、着陸した。前方キャビンから空港救急隊員がストレッチャーを持って入ってきた。小倉は目を閉じてぐったりしている。

「血圧は110の80、脈拍は96で不整があります」

のり子は隊員にキビキビと告げながら、小倉に声をかけ続けた。

コックピットで香田がフライトログにサインしていると、地上から無線が入った。

『パニック発作の乗客は無事病院へ搬送されました。もう少し遅ければ狭心症から心不全を起こす危険があった模様です。最良の判断、感謝いたします——』

「当然のことです。それより、振り替え便の手配は？」

香田がたずねた。

『振り替え便のクルーもシップもスタンバイ完了済みです。お客様の乗り換えが終わり次第、離陸できます』

「了解。グランドスタッフのご配慮に感謝します」

香田は涼やかな表情で告げて無線を切った。あざやかな判断だった。元はただ驚くばかりだ。

「乗客は皆、等しく乗客だ。ファーストもビジネスもエコノミーも関係ない」

香田は冷たく言い放った。

「……そんなこと、言われなくてもわかってます」

「しかし、君はさっき、相手がファーストクラスの政治家だということで、逆に偏見を持った。もし、あれが、エコノミーに乗っているおばあさんだったら、どうした？　熱くなって、真っ先に緊急着陸しましょうと叫んでいたのではないか？」

元は香田の推論にグウの音《ね》も出ない。

「富樫くんは緊急医療の資格を持っている。機内での救命処置でも一目おかれている存在だ」

香田は元に告げた。

「じゃあ、香田さんはそれを知ってて――」

「一緒に飛ぶクルーの能力と資質をつかんでおくのも、パイロットの仕事だ。飛行機が好きな客もいれば、嫌いな客もいる。俺たちはその全てをひっくるめた何百人の生命を預かる責任者だということを忘れるな。まずは何よりも乗客のコンディションを考えろ。そこに座ってるだけならゴミ袋も同様だ」

香田は立ち上がった。元はムッとした。

「こら、そこのゴミ。いつまでぼやぼやしてる。コックピット整備まで邪魔するつもりか」

香田にせかされて、元は本格的に落ち込んだ。


空港に降り立つと遠くにハンガーが見えた。元はハンガーを訪ねようかと思ったが、ふと思い直した。とぼとぼと成田マネージメントセンターの廊下をフライトバッグを引きながら歩いていると、太田が手にフルーツの大きな箱を二つ抱えて歩いている。

「――太田さん」

「あ、新海さん。乗客の皆さんは振り替え便で先ほど無事に再出発しました」

「あの、それは……」

元は太田の箱に目をやった。

「ドリアンでございます。急な振り替え便で整備に迷惑をかけましたから、差し入れを」

「いつも、そんなことやってんですか」

元は太田のスタッフへの心配りに感心した。

「日々これ感謝でございますから」

太田は謙遜して微笑んだ。

「あ、俺も、手伝います」

元は箱のひとつを持った。

ハンガーのドックセットでは歩実が作業していた。

「緒川、いいか。明日、緊急の出張が入ったんだ。同行しろ」

阿部が走ってきて告げた。

「はい。羽田ですか？」

「いや、ホノルルだ。今度新しく入る飛行機のチェックで急きょ応援が必要らしいんだ」

阿部は指示書を見せた。

「どうした？　なんかあるのか？」

阿部は不安そうな顔の歩実にたずねた。

「いえ……。ちょっと緊張して。英語とかあまり得意じゃないし……」

「大丈夫だよ。俺、ずっとついてるし、整備は万国共通だからさ」

「ありがとうございます……」

そこへ、元と太田が入ってきた。

「お世話をおかけしました。差し入れを持ってまいりましたので、皆さんでどうぞ」

太田はていねいに会釈した。

「気を使わないでください。僕らも仕事ですから……。あっ、緒川、じゃ、明日、17時にオフィスに集合な。パスポート忘れんなよ」

阿部はチラリと元を見てから去っていった。

「あ、では、私は整備事務所のほうへ」

太田は箱を手に行ってしまった。あとに残された二人は目を合わせた。

「パスポートって？　どっか行くの？」

元がたずねた。

「……それよりさ、何があったの、緊急着陸なんて」

歩実は話題を変えた。

「ん、ああ……」

元はふれられたくない話題に思わず顔をくもらせた。

「何？　また、香田さんにしてやられたんでしょ」

「……何で知ってんだよ」

「図星だ。単純」

歩実は笑った。元は舌打ちしながらかなわないな、と思った。

「飛行機嫌いのお客さんが機内で倒れちゃってさ」

「飛行機嫌い？」

歩実の表情が変わった。

「やっぱいるんだよ。今も飛行機が怖い人。仕方ないけど参っちゃうよ、こっちは……」

元は少しだけ愚痴ってから、歩実を食事に誘おうと切り出した。

「いや、なんか焼き肉……食いたくなってさ。でも、まあ一人じゃ行けねぇし……。あ、別に、お好み焼きでもいいんだけど……お前、よく食うから、こっちも食欲わくっていうか」

「——焼き肉もお好み焼きも食べたくない。それに、今日は予定がありますから」

歩実は硬い表情でハンガーを出ていった。元は歩実の様子が気にかかった。


元は歩実に振られて、すごすごとジープに乗り込んでエンジンをかけたが、かからなかった。再びキイを回したが、スコスコと空気が抜ける音がして止まってしまう。元は今日はとことんついてないなあ、と思いながら車から降り、ボンネットを開けた。そこへ、1台の車が通りかかった。

「新海さん？　エンストっすか？」

整備士の阿部が車から降りてきた。

「見ましょうか」

阿部は元の横に来て、整備士らしく手際よく見た。

「ああ。バッテリーが上がりかけてますよ」

阿部は自分の車から充電した。

「新海さんて変わってますすね。ハンガーにもよく顔出すし。あの……パイロットって整備とかとは一線ある人も多いから」

阿部は言った。

「あいつも、そんなこと言ってたな。おたくの後輩の無愛想女——」

元は苦笑した。同じ会社のスタッフなのにな、と思った。

「あのさ、今日、ミスかなんかしたの、あいつ？　妙にカリカリしてたから」

元は気になっていることをたずねた。

「それ、はりきって緊張してるだけだと思います。明日、ホノルルのドックへ新しい飛行機のチェックに行くんです。ふたりで」

阿部はふたりでという部分を強調した。

「あいつ、整備士としてはまだまだですけど、チャンスやろうと思って。一応、あいつ一人前にするの、俺の役目なんで」

阿部は誇らしげに告げると、エンジンをかけた。

「お、かかった。さすがプロだね」

手放しで感動している元につられて、阿部はいつの間にか笑っていた。

歩実が急いで家に帰ると、居間の仏壇の前に香織と叔母、叔父の3人が黒い服を着て座っていた。仏壇にはいつもより華やかに花が飾られている。

「遅いじゃない、歩実ちゃん。親の法事の日くらい、早く帰れないの？」

叔母がとがめるように言う。亡くなった母の妹だ。歩実は叔母の家に引き取られ、思春期を過ごした。

「ごめん。叔父ちゃん、叔母ちゃん。仕事、長引いちゃって」

歩実はせわしなく居間に上がった。

「もうちょっと女の子らしくなってもらいたいもんだけどねえ」

叔母は歩実のボーイッシュな服装を見てつぶやいた。

「女の子らしいじゃないか、じゅうぶん。いい人だっているさ、なあ」

叔父がフォローを入れた。

「そんなの、いないよ」

歩実はそっけなく言って、仏壇に向かった。

「ま、今の職場で結婚相手なんか見つけられるよりはましだけど」

叔母の口癖だった。

「いいじゃない、叔母ちゃん。歩実は、もうあんなことが起こってほしくないから、整備士になったのよ」

香織は妹をかばった。仏壇には両親の写真が飾ってある。12年前のまま時が止まっており、今では叔母のほうが老け込んでいる。

「まあ、その気持ちは立派だとは思うけど、でも、パイロットと結婚したりするのだけは、やっぱり叔母ちゃん賛成できないからね。死んだ姉さん、義兄さんに何て言ったらいいか」

歩実は叔母の話を切るように仏壇の前で合掌した。

「あ、これ……」

目を開けると、仏壇に供えられている白い封筒が目に入った。

「今年も来たの。いつもと同じ30万円入ってた」

香織が言った。几帳面な文字で住所が書かれていたが、差出人の欄は空白になっている。

「誰なんだろうなあ。毎年毎年、命日にお金を送ってくるなんて。それも名乗らずなんてなあ――」

叔父が感心したように言ったが、歩実は少し迷惑そうに仏壇に封筒を戻した。お金のことは姉に任せていた。差出人が誰なのか、歩実はあまり考えることもなかった。

のり子がフライト後の雑務を終えて、エレベーターを待っていると、香田が一人で乗って降りてきた。

「あら。お疲れさま――」

のり子は言いながら乗り込んだ。降りていく間、二人だけになった。

「あの——」

ふたりは同時に切り出して、照れることなく苦笑した。

「皮肉ねえ。よりによって、今日、同じフライトになるなんて」

のり子は言った。12年前のあの日だった。のり子は香田にとってつらい日付を覚えていた。

「あれから、もう12年もたったのね」

のり子はしみじみとつぶやいた。

「俺にとっては、まだ12年だ」

香田がめずらしく仕事以外で口をきいた。ふたりは目を合わせた。12年ぶりだった。

のり子は香田をバーに誘った。ふたりは並んでカウンターで飲み始めた。

「誘っても来ないと思ってたわ」

のり子は微笑みながらカクテルを飲んだ。

「今日は助かったよ。君がクルーで」

前を向いたまま礼を言った。

「うれしかった。私を信用してくれて……」

「君を信用したわけじゃない。君の能力を信用しただけだ」

「どうして、わざわざそんなふうに言うの？」

のり子は香田を見ていてつらかった。

「わざわざ人に厳しくして、わざわざ憎まれ役を買って出て……無理に無理を重ねて……あなた見てると、なんだか痛々しいわ」

香田はのり子に言われるままになっている。

「あなたがグランドシェア航空にいたときはつらくて言えなかったけど……そこまで自分を責めなくてもいいんじゃない？」

のり子は迷いながらも思いきって言った。

「しかし、長谷川キャプテンは死んだ……」

「あなたの代わりに亡くなったわけじゃないのよ。そう思うのは、あなたの傲慢だわ」

のり子はかなしそうに首をふった。

「彼は彼の運命を生きた。あなたはあなたの運命を生きてる。……だから、私たちもこうなっちゃったんでしょ。別に蒸し返してるんじゃないわよ。私は、もしも、あの時ああだったら、なんて思わないから」

「嫌味だな……」

香田は苦い表情でつぶやいた。

「あら、そう。ごめん。酔ったかな」

のり子はふっと笑ってから、少し考え込み、「ね、これから、うち、来ない？」と誘った。

香田は返事をしなかった。

「返事くらいしなさいよ。久しぶりに誘うのって、初めて誘うのより勇気いるのよ」

のり子は照れを隠して明るくはしゃいだ。

「もう……あの頃の俺たちには戻れない」

香田は表情を凍らせている。

「私は……後戻りしようなんて言ってないんだけどな……」

のり子はさびしげに笑って、カクテルを飲み干した。


「じゃあね。体に気をつけて。歩実ちゃん、しつこいようだけど、パイロットだけは、叔母ちゃん、祝福できないからね」

叔母は念を押しながら帰っていった。

「心配しなくても、パイロットなんてイヤだってば」

歩実は叔母を見送りながら、姉の香織に言った。

「でも、同じ職場でつきあうのって、いちばんふつうでしょ」

香織は歩実に言った。

「あれ？　じゃあ、お姉ちゃん、医者とつきあってんの？」

「……おなかすいたね」

香織はごまかすように笑った。

「えっ。まじなの？」

「……なんか食べ行こっか」

「やっぱ、やましいんだ。今日はおごりだよ、お姉ちゃんの」

歩実と香織は隅田川近くのお好み焼き屋に入った。

「ドクターなんかとつきあってません。ウチの病院、忙しすぎて、そんな余裕ないよ。そっちこそどうなの？　ほんとは気になるパイロットがいるんじゃないの？」

「……なんでそうなるかなぁ」

歩実はバクバクとお好み焼きを平らげていく。

「……ほんと言うと、私もちょっと心配なんだ――」

香織は箸を止めて、歩実を見つめた。

「パイロットがどうのって言うよりも、歩実の仕事が……。無理に乗り越えようとして、つらい思いしてないかなって」

「お姉ちゃん……」

「だって、私たちまだ、怖くて飛行機、乗れないものね」

香織は肩をすくめ、歩実を心配そうにながめた。両親の事故から12年。姉妹はその話題にふれないように生きてきた。

元はマンションに戻ってからも、今日のフライトの香田のあざやかな判断を思い出していた。

『俺たちは何百人もの生命を預かる責任者だということを忘れるな――』

香田の言葉がよみがえった。元はコーパイになってから、一回一回のフライトを精一杯こなしていた。初めての航路で初めての空港に向かうときも緊張するが、それでなくとも毎回、予想できないことが起きるのだ。元はしばらく床に寝転がって考えていたが、急に空腹を覚えた。起き上がって冷蔵庫の中を見たが、空っぽだった。

元は近くのコンビニに買い物に出ると、お好み焼き屋の前に歩実のバイクが止まっているのに気づいた。用事があると言って断ったくせに。元は驚かせてやろうと店に入った。奥の席に歩実の顔が見えた。歩実はほっそりした女性と差し向かいに座っていた。

「あ、ごめん。バイク止まってたからいると思って。……友だち？」

元は声をかけた。

「姉です」

香織が会釈した。

「ああ、お姉さん。はじめまして。僕――」

「同じ会社の新海さん。佃に住んでるんだって。だから、よくこの辺、通るだけだから」

歩実が早口で割って入った。

「俺も食おっかな。ここいいですか」

元はカウンターに座った。

「整備の方なんですか」

姉が声をかけた。

「いえ。パイロットです。つーか、まだ新人で、副操縦士なんですけど。……あれ、何か変なこと言いました？」

元は急に顔色を変えた香織を不思議そうに見た。歩実はお好み焼きをバクバク食べている。

「今日、お好み焼き食いたくないとか言ってたくせに、よく食うな、お前――」

「――お前とか言わないでよ」

ふたりは軽口を叩き合った。

「歩実、お姉ちゃん、やっぱり先、帰るから」

香織は気を利かせて立ち上がった。歩実はとまどう。

「すみません、なんか邪魔しちゃったみたいで」

元は詫びた。

「いいえ。……あんたのおごりだからね！」

香織は歩実に囁《ささや》いて笑顔で出ていった。

「いい姉さんだね」

元は歩実のテーブルに座った。

「うん」

「あ、明日、出張なんだろ？　すごいじゃん、急に差をつけられちゃった感じ。頑張れよ」

歩実はもぐもぐと食べ続け、返事をしない。

「返事くらいしろよ。人が激励してんのに」

「……激励されても困るもん。ホノルルなんて行きたくないし」

「なんだよ、それ？」

「……飛行機、苦手なの。あたし、飛行機ダメなの。だから乗ったことないの」

歩実は元に打ち明けた。

「――乗ったことないって、飛行機に一度も？」

元は店を出て、橋の上を歩きながら歩実にたずねた。

「そう。一度も」

歩実はうつむいた。

「まじで？」

「かなりまじで」

「かなり驚いた」

「だよね。整備士が飛行機苦手で、一度も乗ったことないなんて。まずいよね、さすがに」

歩実は自嘲気味につぶやいた。

「まずいって言うか……ふつう、飛行機がダメだったら整備士にはならないと思うけど」

元は歩実の気持ちを不思議に思った。

「つーか、どうすんの、明日。ホノルル――」

「――行くよ。仕事だもん」

歩実は気丈に言った。

「あたしね、飛行機が怖いから、整備士になったの。自分で、この仕事選んだの。あの……」

元は歩実の言っていることがよくわからない。歩実もうつむいてしまった。

「根っからの飛行機好きには、わかんないよね。空が怖いって気持ち」

「いや、俺も怖いって思ったことあるよ――」

元は訓練飛行の頃を思い出していた。

「昔、訓練機でさ……乱気流にスポッと入っちゃって、ガーッと落ちてったことあるんだ。機首上げようと思って、操縦桿引っ張って、出力上げたら、今度は気流にあおられてバランスを崩しちゃってさ、必死で操縦桿を戻すんだけど、飛行機がバタバタしてもうだめだって。教官が操縦桿握ったら10秒で水平飛行に戻っちゃって大したことなかったんだけど、俺はもうビビリまくっちゃってさ。それから怖くて寝込んじゃって、やめようと思った……」

「でも、やめてない」

歩実は元を見つめた。元の顔が輝いた。

「うん。一日寝たら、やっぱし、飛びたくなっちゃったよ。地面からふわっと浮き上がってさ、今までずっと見上げてた雲をバーっと抜けると、その上に今まで見たこともないきれいな青空が広がってさ、これがすっげーきれいなの。光がきらきらとあふれててさ、太陽がすぐそこにあって……すげえよ。感動もんつーか。あれ見りゃ、お前だって――」

「――あたし、夜の便だから」

歩実はすねるように言った。

「いちいち言い返すな。ホノルル着く頃は朝じゃん。――何だよ。だいたいお前整備じゃねぇかよ。てめーの腕で整備したシップ、信用できねぇって言うのかよ」

元は元気の出ない歩実が心配で、つい軽口を叩いた。

「うるさいな。あなたに相談したのが、間違いだったよ」

「その顔。やっと戻ったじゃん」

「……何よ、もう」

歩実の顔にちょっと笑顔が戻ったが、ふとまた沈んでしまった。

「やっぱ怖い？」

「ううん。大丈夫。今の話聞いて、ちょっと楽になった」

「うそつけ」

「ほんと。ぜんぜんだいじょうぶ」

歩実は微笑んだ。


翌日、元はスタンバイの日だった。マネージメントセンターに入っていくと、同じくスタンバイのはずの同期の安住がネクタイを締めている。

「あれ、安住、飛ぶの？」

「うん。風邪流行ってっから、スタンバイもラクできねえよな」

安住はフライトマニュアルを用意している。

「どこ行き？」

「ホノルル。よりによって、何であんな遠いところに……」

「ハワイならいいじゃ——」

元は急にあることを思いついた。

「それ……俺に譲ってくれない？　スケジューラーには俺から話すから——」


歩実が荷物を手に搭乗口にやってきた。まだ阿部は来ていない。歩実は落ち着かない様子で大きく呼吸したりしている。

「ご搭乗ありがとうございます」

元が歩実の前にパイロットスーツで現れた。

「……どしたの？」

「副操縦士の新海です。俺、今日、スタンバイで飛ぶことになったんだ」

元は得意そうに言った。

「だから大丈夫だよ。とりあえず、俺が揺れないように操縦桿、グーッて握っとくから」

「……何か、逆に不安になってきたよ。帰ろっかな」

「何だよ、それ。——では、機内で先にお待ちしています」

元は一礼して、キャビンに入った。

元は全日空機1052便ホノルル行きの前方キャビンで、太田に歩実のことを話した。

「なんか、飛行機、苦手らしいんです。気をつけてやってもらえますか」

エコノミーキャビンに乗客が次々に乗ってきた。阿部と歩実も乗り込んできた。阿部はクルーに会釈しながら、席に向かう。

「なあ、緒川、水着持ってきた？」

硬い表情で座っている歩実に阿部が話しかけた。

「こんな機会めったにないし、仕事終わったら、ワイキキで泳いだり……しないか」

「ふざけないでください」

歩実は緊張から、つい大げさに反応してしまった。

「冗談だろ。肩の力抜けよ。海外のドックだからって、そんなに緊張することないって」

阿部は任務のための緊張だと思っていた。歩実は祈るような気持ちで、座席ベルトを締める。コックピットでは元が離陸準備を進めていた。

「君、このフライト、希望したそうだね。なんかあるのかい？」

機長の夏川が元に声をかけた。

「いえ、ちょっと向こうで波乗りしたくて」

「いいね。若い人は」

夏川は笑った。

エンジン音が高まった。歩実は不安に青ざめながらシートにじっと座っている。

「緒川……どうかしたの？」

阿部が歩実の様子に気づいた。

「失礼ですが、ご気分が悪いのでは？」

太田が汗をかいている歩実に声をかけた。

「いいえ。大丈夫です」

歩実は気丈に言い張ってそっぽを向いて目を閉じたが、すぐに「たすけて……」と小さくつぶやいた。

その時、コックピットで離陸準備をしていた元がハッと顔を上げた。胸騒ぎがしたのだ。

が、気持ちを抑えて離陸準備を続けた。

元はスイッチに手を置く。が、やはり何かが心にひっかかった。元はそっとキャビンのほうを振り返った。

『中学のときにね、一番仲のよかった友だちの両親が死んだの。飛行機事故で――』

ふいに歩実の言葉を思い出していると、インターフォンが鳴った。

『先ほどの整備の女性ですが……やはり少しご様子がおかしいのですが――』

太田が告げた。

「本人はなんと?」

『それが、お声をかけても、大丈夫だとおっしゃられて』

「どうしたんだ。本人が大丈夫だって言ってるんだろ。早くデータを入力しろ。オンタイムで出すぞ」

夏川はいらついている。

「キャプテンの指示に従えないのか——」

「——あの、飛行機が怖いらしいんです。パイロットとして放っておけません。乗客のコンディションが第一じゃないですか」

元は夏川に頭を下げると、インターフォンを取り、歩実と代わるよう太田に頼んだ。やがて、もしもし……と具合悪そうな歩実の声が聞こえてきた。

「あ、新海です。あの、大丈夫ですか?」

『大丈夫だって言ったはずです——』

「ほんとに大丈夫なのか? なんかちょっと……心配になったから」

『仕事だもん。逃げないよ、あたし——』

「無理するなよ。焦らなくていいんだから。……ぶっちゃけお前に……何かあったら困るし、俺——」

『……なにそれ』

「いや、俺、パイロットだから。このシップに乗ってる全員の生命を預かってっから」

『……かっこいいこと言って』

歩実はカシャリとインターフォンを置いてしまった。

「――すみませんでした」

元は夏川に詫びた。

「……オンタイムで出すぞ。わかってるな」

香田のようには冷たくないが、夏川がいらついているのが元にはわかった。気持ちを抑制して離陸準備を続けようとすると、キャビンの太田から連絡が入った。

『お客様ですが、1名、体調不良で降機されましたので、トータルは375名です』

「……降りた？」

『はい。緒川歩実様が降りられました』

「了解しました」

元は気持ちを切り替えて操縦桿に向かった。「新しいウェイトを入力します。お待たせして申し訳ありません」。元はホッとした心持ちで、作業を終えた。

「君は噂通りだな――」

「噂？　何ですか」

夏川が操縦桿を握りながら笑った。

元はきょとんとしている。

「バカで熱くてガンコモンってことだ」

「……すみません」

頭を下げる元に夏川は愉快そうに笑いかけた。

「バカは困るが、熱くてガンコモンってのは空の男の伝統だ。大切にしろ――」

１０５２便は成田空港を離陸した。元は目の前に広がる雲海に目を輝かせた。自然に笑みがこぼれる。元はまぶしそうにサングラスを着用した。


歩実は送迎デッキにぽつんと立って、飛び立っていく１０５２便を見上げていた。

「大丈夫か？」

香田が後ろから声をかけた。

「え……？　大丈夫です。落ち着きました」

「それはよかった」

香田はいつになくやさしい表情だ。

「遠いですねー、空……」

歩実は彼方に飛んでいく１０５２便をながめた。

「なんだか嘘みたい。あんな遠いとこ、飛んでいくなんて」

歩実は任務をこなせなかった自分を責めていた。

「飛行機が空を飛ぶのは奇跡じゃない。私たちクルーや、君たち地上スタッフが、日々真剣に力を尽くしているから、飛んでいる」

香田はやさしく微笑んだ。

「あの、どうして、あたしに……？」

「君の仕事に感謝しているだけだ」

香田は表情を凍らせて、去った。ふたりの様子を富樫のり子が不思議そうに見ていた。


翌日、元は電話の音で目が覚めた。波の音がする。ワイキキ近くのホテルだ。元は窓の外の太陽を見ながら電話を取った。

『もしもし……あたし。緒川。整備の――』

「わかるよ。整備なんて言わなくても。元気？」

『おかげさまで……』

「めずらしいじゃん、ステイ先に電話なんて」

元はうれしかった。

「あ――、そっち、太陽見える？」

『うん』

「不思議だな。離れてるのに、同じ太陽見てるなんてさ」

元は緊張している様子の歩実に言った。

『……あの……実はね、今から飛ぶんだと思った瞬間、体がふるえちゃって、すっごいこわくて、どうしようかって思ってたの。……助かった』

歩実は突然、話し始めた。

「いや。あのさ……なんでなのか、なんで飛行機苦手なのか、聞いたりしていい？」

『ごめん。隠すほどのことじゃないけど、あんまり言いたくない。でも、いつか言う。それから、いつか……必ず飛ぶ。空――』

歩実は一生懸命言葉を選んでいる。元には口べたな歩実の誠実な気持ちが伝わってきた。

「絶対、俺が乗せてやるよ。そいで、すっげー、きれいな空、見せてやる。――ずるいよ、これってくらい、きれいな空。絶対――」

『また、そういうちゃらちゃらしたこと言って』

歩実は涙ぐんで、声を詰まらせている。

「全然、ちゃらちゃらしてねえじゃん。今のふつうの会話でしょ」

『あなたが言うと、ふつうのこともちゃらちゃらして聞こえるの――』

「うるせえよ」

『――ありがとう』

元は元気が戻った歩実の声から、笑顔を想像してうれしくなった。

歩実はボソリと言って、電話を切った。元は電話を切りながら、微笑んでいた。

ふたりは距離を越えて微笑み合っていた。

#04

GOOD LUCK!!

「緊急のチャーター便？」

元は安住にたずねた。成田マネージメントセンターの喫煙室で、ふたりは煙草を吸いながらテレビのニュース番組を観ているところだ。

「うん、日本人の負傷者を帰国させる特別チャーター機を政府の要請でウチが出すんだって。明日の朝イチらしい」

安住はテレビ画面を見つめた。上海にある大手観光ホテルが炎に包まれている。

『ホテル3階付近で発生した火災は、またたく間にホテル全体に広がり、今もなお消火活動は続いています。宿泊者名簿の中に日本人らしい名前が十数名あり――』

報道特派員が緊張の面持ちでリポートしている。元は安住とともにその画面に見入っていた。救急隊が瀕死の負傷者たちを運び出している。有名ホテルの大火災に、泊まりの多い元たちはとても人ごととは思えない。

「政府の要請か。で、誰が飛ぶの？」

元は同期イチの情報通といわれる安住にたずねた。

「さあ。やっぱ、そりゃ、かなり優秀なパイロットじゃないと。……ですよね？」

安住はいつの間にか背後に現れた内藤ジェーンを見た。

「俺は……飛ばないよ。このホテル、別れたワイフとハネムーンで行ったホテルなんだ」

ジェーンはショックを受けた表情で画面をじっと見つめている。

「2番目のワイフの……キャサリンとのさ、思い出の場所なんだ……。頼まれても、冷静な気持ちじゃ飛べないよ……」

「心配しなくても、内藤さんはキャプテンに指名されませんって」

安住はばかばかしそうに笑った。

「だって、政府の特別チャーター機ですよ。行きは医師団や機材、ウチのお偉いさんや外務省の役人も乗っていくし、おまけに帰りは重傷患者を乗せて帰るんだから……」

「だから、なんだよ？」

ジェーンは自分から行きたくないと言っていたくせに安住にからみだした。

「もう！　やめましょうよ――」

元は割って入った。

「間違っても俺たちが特別機のパイロットに選ばれるなんてことはありえないんだから」

「あ、一緒にすんなよ。俺は可能性あるよ。一応、最年少でコーパイに上がったし」

安住が今度は元につっかかった。

「俺だって、こう見えて6ヶ国語ペラペラだからな」

言い張るジェーンに元が呆れていると、スケジューラーの女性が入ってきた。

「新海副操縦士。乗員室長がお呼びです。すぐに行ってください」

「はい？」

「上海行きの政府特別チャーター機について、お話があるそうです――」


「特別チャーター機の乗務でございますか」

ＣＡルームの奥まったコーナーでは、のり子が客室乗務一課長の久木田と話していた。

「君にチーフをお願いしたい。医師団と機材、とんぼ帰りで負傷者の搬送、非常に厳しい仕事だが、チャーター機のキャプテンが、この便のチーフは富樫くん以外にないと仰せだ」

「それは光栄ですが――」

のり子は顔を輝かせた。

「君は我が社の顔だからね」

「そんな……」

「おやおや。謙遜は君らしくないよ。ソムリエから手話までこなし、緊急医療の資格まで持つプロフェッショナル中のプロフェッショナルが」

「恐れ入ります」

のり子は笑顔で任務を引き受けた。

「じゃあ、頼んだよ。それから……この乗務が終わったら、1週間ほど休みをとりなさい」

「お気遣いなく。いつも通りに勤めさせていただくだけですから」

のり子は一礼して立ち上がった。

「いや、少し休んで、ゆっくりと考えてもらいたいことがあるんだ――」

久木田がもうひとつの用件を切り出した。

「君のプロフェッショナルな能力を、訓練センターで活かしてみないか？」

「……訓練センター、ですか？」

のり子はまったく予想していなかった申し出に戸惑った。久木田はそんなのり子を安心させるように笑顔で説明を始めた。

「いやね、訓練センターの教官課課長のポストが空いたので、君を推薦したいと思ってね」

「それは、あの……、地上に降りろということですか？」

のり子がたずねると、久木田はにっこりと笑った。

「みんなが希望するポストだ。昇進だよ、富樫くん。この先、いつまでも若いCAに交じって酒や食事をサービスするのは肉体的に大変だし、悪い話じゃないだろう？」

久木田はのり子が話を受けるものと決めつけている。

「ま、いわば今回のチャーター機乗務は、君の集大成になるわけだ。頑張ってくれ――」

のり子は久木田に一礼すると、動揺を隠しながらロッカールームに向かった。ロッカーのまわりでは若いＣＡたちがはしゃいでいる。のり子はふいに不安になった。年を取った自分はもう現場には必要ないのだろうか……。のり子は思わず鏡の中の自分の顔を見つめた。が、制服に着替えると、自分を律するようにスカーフをキリリと締め直したのだった。

ハンガーでは整備部長の白石が特別チャーター便の説明をしていた。総勢３０００人の整備士を取り仕切っている白石は、現場監督的な風情をたたえている。

「明朝７時00分に緊急の特別チャーター機を飛ばすことが決定した――」

歩実たち整備士は緊張の面持ちで部長の話を聞いている。

「シップはドックイン中の９５７を使う。負傷者を救うためには一刻も早く整備を完了しなけりゃならん。時間との勝負だ。島村、吉田のA班はハイドロポンプの交換。工藤、相沢のB班はオレオシールのチェックに入れ。脇坂、阿部のC班は緊急対策会議の要請を確認して搬送用ベッドの設置、その他備品類の設営に入る。成田ベースの整備魂を見せるんだ」

整備部長が一喝すると、部員たちはうなずいて、それぞれの業務に散っていった。阿部は忙しく書類を揃えると、歩実に渡した。

「あの、会議、あたしも連れていってもらえるんですか？」

歩実はおそるおそるたずねた。先日の出張の失敗を気にしているのだ。

「バカヤロ。すんじまったこと、気にしてもしょうがねえだろ。失敗は早く挽回しろ」

阿部は歩実を連れて会議室へと急いだ。

　その頃、元は乗員室長の武藤のデスクの前で、驚きの表情を浮かべていた。

「まさか自分がコーパイに指名されると思ってなかったので……」

「……まあ、確かに特別チャーター機の操縦なんて、めったに回ってくるもんじゃないからなあ。ましてや君の年齢で、今回のような責任の重い任務に命じられるのはめずらしいよ。しかし、いい経験だ。しっかり務めたまえ」

　武藤は少しばかり面倒くさそうに励ました。

「はい。でもあの……その前に、なぜ、自分、なんですか？」

「不服なのかね？」

「不服ではありませんが、納得して飛びたいんです。自分は同期の中でも、副操縦士になるのに、一番訓練時間がかかったので……」

「チャーター便のキャプテンからの指名だよ。ぜひ、新海くんをとご所望なんだ」

「キャプテンの……。どなたですか？」

「香田くんだ」

「は？」

　元は絶句した。

「知ってるだろう。監査室の香田くんだよ。彼は冷静で確かな判断力を持っている。その香田くんのご指名なんだから、君は適任ということだろう。期待に応えるよう頑張りなさい」

皮肉屋の武藤は香田の人柄を揶揄《やゆ》しつつ、元に伝えた。元は香田の真意がわからなかった。いくらなんでも元はまだコーパイになってから2ヶ月しかたっていないのだ。元の心には大任を仰せつかった誇りよりも、不安のほうが先立っていた。が、ここはひとつ頑張るしかない。元は覚悟を決めた。度胸のよさだけは自信がある。

元は上海便のルートマップを見ながら、やる気満々で会議室に向かった。後方から誰かが急ぎ追い抜いていく。歩実だった。脇に上海行きのシップの資料を山ほど抱えている。

「もしかして、上海行きの会議？」

元はたずねた。

「えっ、そっちも？」

「ん。一応、俺、コーパイだからさ」

元は胸を張った。

「へえ。特別チャーター機って、もっとちゃんとしたパイロットが乗るのかと思ってた」

歩実は意外そうな顔をしている。

「……ンだよ。飛行機乗れねえくせに」

お互いに憎まれ口を叩きつつ、元は歩実の重そうな資料をさりげなく支えてやった。

「急いで！　会議が始まるわよ！」

スケジューラーの女性がふたりに声をかけて追い越していった。

元は『上海特別チャーター機・緊急対策会議』と入り口に書かれた、大きな会議室に入った。大きなホワイトボードを前に、オールスタッフが集まっている。壇上には武藤と数名の役員、香田と元が並んで座った。一方、議席にはのり子を筆頭とする客室部十数名、整備部、運航管理官、その他、関連部署の社員が座っている。

香田が立ち上がってホワイトボードの前に進み出た。

「まず、初めに言っておく。この特別機は、国を代表するフライトである。最大の目的は、ホテル火災の負傷者を安全に無事に日本に搬送することだ。万に一つも負傷者が機内で命を落とすなど、絶対にあってはならない。各自、肝に銘じて全力を尽くしてくれ」

香田の言葉で、会議室に緊張の空気が張り詰めた。

「では、まずルートの確認から始めよう。新海くん——」

元は香田に促されて、ルート図を手に立ち上がった。

「副操縦士の新海です。今回は重傷患者を搬送するため、もっとも機体の揺れが少なく、最短時間のルートを選ばなければなりません——」

元は緊張しながらも、堂々と説明を始めていた。


「なんで新海なんですかね。俺のほうが比べものにならないくらい成績いいんですけど」

喫煙室で安住がジェーンにぼやいた。

「お前、そんなに乗りたかったのか？」

ジェーンが優等生っぽい安住をからかった。

「やめとけ。大変だから」

「でも、操縦自体は同じですよね。キャビンに誰が乗ってようと」

「背中が重いんだよ、こういうフライトはよ」

ジェーンはふいに真顔になった。テレビではホテル火災が鎮火したという報道とともに、救出された日本人客の氏名がテロップで流れている。

のり子は会議の席上で急場でこしらえた搭乗名簿を示していた。

「搭乗予定の負傷者は合計8名です。うち、お一人は重傷です。お名前は、相馬るり子さん、27歳。新婚旅行で火災に巻き込まれました。ご主人のほうは亡くなられた模様です――」

のり子が告げると、会議室は重い雰囲気になった。

「上海現地に確認しましたところ、全身に2度40%の火傷を負い、意識ははっきりしておりますが、鎮静剤で眠っているとのことです。今後、皮膚移殖が必要なため、受け入れ態勢の整った日本の病院に搬送したいとご家族が希望しておられます。日本からドクター2名と看護師4名が現地に向かいます。ほかに相馬るり子さんのご家族と、外務省の中国担当次官が同行します」

のり子が手際よく説明を終えると、今度は整備部の阿部が説明に立った。歩実は席を回って、資料を配った。

「999便に使用する機体は点検に入っています。現在、すでに作業に取りかかっていますが、全ての整備作業が完了するまで、最低12時間は必要です。一刻を争う事態は承知していますが、ドックアウトは7時30分の見込みです」

阿部が告げると、香田が厳しい表情で却下した。

「OCCが決めた時刻は7時ジャストだ。遅れは許されない。定刻に出発できるよう整備を完了するのが整備の仕事だ」

香田はウムを言わさぬ口調で阿部に命じた。

「機内の配置を確認させてください。重傷者用のベッドは、どこにセットすればよろしいでしょうか？」

歩実が立ち上がってのり子にたずねた。

「富樫くん——」

香田に呼ばれるまで、のり子は資料に気を取られて、すっかり注意力を失っていた。

「整備から質問だ」

「……すみません。もう一度、お願いできますか」

「聞いてなかったのか？」

「いえ。あの、今ゲストの……」

のり子は言い訳しようとしたがやめて、詫びた。

「ベッド位置はキャビン左側。火傷の重傷患者には、酸素ボトルがかなりの数、必要となる可能性がある。不測の事態を想定して、携帯用の酸素ボトルを多めに搭載してもらいたい」

香田がのり子の代わりに答えた。

「待ってください。キャビンのことは富樫チーフの意見を聞いたほうがいいと思います」

元は香田の独断に鼻白んだ。

「一刻を争う大事な会議で、二度、同じ質問は繰り返さない。私のやり方についてこられない者はすぐに申し出てくれ。いくらでも代わりはいる」

香田の厳しい発言に室内は静まり返った。元はスタッフの職域を冒すような香田の強引なやり方が気に入らなかった。

「医療チームの搭乗、および機材の搬入は明朝6時からの60分、出発時刻は7時00分。各自、準備を整えて待機すること。以上――」

香田は締めくくって、会議室を出た。

「チーフ。気にすることないですよ。いつものことじゃないですか」

スタッフがのり子を気遣って声をかけた。

「香田キャプテンって、腕のいいぶん、ちょっと横暴なところがあるものね」

「私も胃が痛いです。通常のフライトでも、香田さんの便は緊張するのに」

CAたちから不安の声が出始めた。香田がかもしだしている緊張感が、必ずしもいい方向に向かうとは思えない者も多かった。

「――けど、香田さんは間違ったこと言ってないと思います」。張りつめるような声が加わった。「今、一刻を争ってるのは事実だから」

歩実だった。先輩の阿部が制したが、のり子は微笑みながら発言を引きとった。

「その通りね。香田キャプテンは間違ってないわ。あれは私の不注意です。皆さん、ごめんなさい。以後、気をつけますので頑張っていきましょう」

のり子は爽やかに謝って出ていった。CAクルーたちは咎《とが》めるような視線で歩実を見た。歩実は困って思わず元のほうを見たが、元はのり子の後を追っていくところだった。


「……先ほどは申し訳ありませんでした」

のり子はエレベーターホールに立っている香田に頭を下げた。

「君らしくないな」

香田がひとこと告げた。

「実は、このフライトが終わったら、訓練センターの教官課課長になれと言われて、少し動揺してたんです」

のり子はつい本音をもらした。

「知ってるよ。だから、君をチーフに指名した。最後を飾るにはふさわしい大舞台だろう」

「最後……」

のり子はつぶやいた。追ってきた元が「最後」という言葉に思わず立ち止まった。

「あなたも、私が地上勤務になるのに賛成ってこと？」

「当然だ。一《いち》CAから教官課課長に昇進するのは、会社員として喜ぶべきことじゃないか。

反対する理由はない」

「……そうね」

　のり子は本意ではないが、うなずいた。

「このフライトを君の花道だと思って、力を尽くしてくれ」

　香田はエレベーターに乗り込んだ。のり子はしばらくその場にたたずんでいた。

　元はのり子に気づかれぬよう、そっと引き返そうとした。と、そこへ、歩実がやってきた。

　ふたりは気まずく顔を見合わせた。

「ねえ……なんかあたし、さっき悪いこと言ったかな？」

　歩実が先に切り出した。

「悪かないよ。悪かないけど、タイミング悪かったっていうか。……富樫さん、このフライトを最後に、地上に降りる話があるらしい」

「……でも、香田さんは間違ってないよね。あたし、みんながすぐ香田さんのこと悪者にするのおかしいと思う。香田さんは言い方キツイだけで、機長として正しいこと言ってるもん」

　歩実は香田をかばった。

「正しいかもしんないけどさ、俺は……なんか違うと思う。もっと、一緒に飛ぶクルーを大事にしたいって思う」

「……考え方の違いだね。じゃ、整備、急ぐから――」

　歩実は行ってしまった。

元は思いがけない大任に緊張していた。マンションの部屋に戻ると、頭の中で何度も上海国際空港までのルートチェックのシミュレーションを繰り返した。負傷者のためにも、最良のルートで進まなければならない。が、現場で戸惑わずに任務をこなせるのだろうか。元はふと不安になった。

そして、緊張の朝はやってきた。成田空港のハンガーから全日空機・臨時999便が出ていく。元はコックピットに入ると、出発の準備にいつもより念入りに取りかかった。

「行きは最高速で飛ぶぞ。向かい風を少しでも減らすため、巡航高度を2万8000フィートにしてくれ」

香田が元に声をかけた。のり子は搭乗口でるり子の両親や外務省役人たちを出迎えていた。

「このたびはご心配なことと存じます。どうぞこちらへ」

言葉をかけながら関係者を座席に案内した。

行きのフライトは順調だった。ANA999便が上海国際空港に着陸すると、ストレッチャーで患者が運ばれてきた。白い包帯を巻かれた負傷者たちの姿は端から見ていても痛々しい。特に重傷なのは相馬るり子だった。ストレッチャーに乗せられたるり子は、顔の大部分に火傷を負い、キャビン左側のベッドへ運ばれていく。

搬送の模様はテレビカメラが映し出していた。

『たった今、相馬るり子さんが機内に運び込まれました。新婚旅行に訪れたホテルで被害に遭ったるり子さんは、今どんなお気持ちでしょうか。1週間前に結婚式を挙げたばかりのご主人は現在、ご家族による遺体確認作業が進められています――』

マネージメントセンターの喫煙室では、クルーたちが集まってモニターの中継映像を見ていた。

「新海さんとか映らないのかなあ。インタビューとかないんですかね」

うららはのんきにコメントしている。

「パイロットは、今、帰りのプリパレーション中よ。バカねえ」

「それより、行きは2時間50分で着いたんでしょ。さすが香田キャプテンよね」

「香田キャプテンのあのクールな感じってのも、ちょっとテイスティングの価値ありじゃない。意外にプライベートは情熱的かも」

「おい、お前ら、不謹慎だぞ」

ジェーンは会話を聞きながらすっかりふてくされている。

「そうです――」。太田が後ろからヌウッと顔を覗かせた。「私は、いつもと変わりなく、日々の仕事をこなすことこそ大事と存じます」

太田は隅の席に座ると、テレビに背を向けて書類に向かった。

緒川歩実は家でテレビ中継を見ていた。

「なに一生懸命見てるの？」

香織が買い物から帰ってたずねた。

「うん……あの、あたしが整備やった飛行機だから」

「ああ。この患者さん、無事に着いたら、うちの病院に入るらしいわ。……あっ、もしかして、パイロットは、この間のなんだっけ、新海さん？」

香織に言い当てられ、歩実は焦った。

「あのさ、別にあたし、あいつとはなんもないから……」

「そうなの？　よさそうな人だったじゃない」

「でも、バカだもん」

「パイロットなのに？」

香織は歩実の照れたような横顔をからかうように見つめている。

「パイロットも、エリートばっかじゃないの。バカはいるの……。あいつ、コーパイのくせに平気で機長にぶつかってくし、自分のことで手いっぱいのくせに、妙に仲間の気持ちなんか心配してるし……不器用でバランス悪くて、見ててむかつくよ」

「ふうん。あんたに似てるね」

香織は素直にコメントした。

「ええ？　ひどくない？　似てないよ。似てません、ぜんぜん」

歩実は動揺して、2階の部屋に上がってしまった。

「……少女マンガじゃないんだから」

姉は妹のわかりやすい反応がおかしかった。テレビに目を移すと、飛行機は間もなく離陸するところだった。


コックピットでは元と香田が復路に向けて離陸準備を整えていた。

「キャセイ便が2万9000を要求しています。高度4万1000で申請しますか?」

元が管制の連絡を受けて、香田に指示を仰いだ。

「バカ。高度4万1000にしたら、キャビンが揺れる。揺れのポイントを忘れたのか」

香田はいらついて、自らキーを叩いて入力し始めた。

「あの……聞いていいですか? なんで俺を選んでくれたんですか? 香田キャプテンが、このフライトに俺を指名してくれたって聞いたので――」

元はすっかりわからなくなった。香田はフンと鼻で笑うと、手を動かしながら答え始めた。

「以前、政情不安の国へ、日本人の救援便を運航したことがある。その時、優秀な男をコーパイにつけたが、彼は失敗を恐れ、プレッシャーを感じて100%の能力を発揮できなかった。いくら優秀でも、それではリスクが大きい。その点、君ならプレッシャーに押しつぶされることなどあるまい。そもそも、こっちも過剰な期待をしていないし、君程度の能力なら、リスクの度合いも想定できる」

「……わざわざ、そんなイヤミを言うために俺を選んだみたいっすよね」

「不服なら、二度と指名しない。さっきも言ったはずだ。代わりはいくらでもいる」

「俺の代わりは……」

元が何か言いかけたとき、キャビンののり子から離陸オーケーのインターフォンが入った。

「患者さんの様子は？」

元はたずねた。

『眠っておられます――』

のり子は離陸に備えて、るり子の両親や医師たちをシートに誘導した。

「座席ベルトをお締めください。るり子さんには私がおそばにつきますので」

機体がゆっくりと動き出したその時、ベッドの相馬るり子が、機体の震動で目を覚ました。

「功二……功ちゃん……」

るり子は突然起き上がって、夫の姿を捜し始めた。るり子の母親が慌ててシートから立ち上がろうとするが、のり子は制した。のり子はるり子にやさしく語りかける。

「大丈夫ですか？」

「だれ……？」

「客室乗務員の富樫です。これから飛行機で日本に帰国いたします。お父様お母様もご一緒ですよ」

「功ちゃんは……？　主人は……助かったの……？」

のり子はるり子の両親を見た。首を振っている。まだ夫の死を告げていないのだ。るり子は誰も答えようとしない重い空気を察して、泣き出した。

「いや……私、帰らない。功ちゃんと一緒じゃなきゃ帰らない……！」

るり子はベッドの上で暴れ始めた。顔の火傷が赤く腫れ上がって痛々しい。が、るり子はその痛みも感じないほどショックを受けて、パニックを起こしている。のり子はコックピットに自ら出向き、離陸を待つよう、事情を香田に説明した。

「待てない。一刻も早く負傷者を帰国させるのが、この便の使命だ」

香田は突っぱねた。

「それはわかっておりますが……取り乱した状態で離陸するのは、危険ではないかと」

「では、すぐに落ち着かせるんだ」

「香田さん――」

元が見ていられなくなって、ふたりの間に割って入っていた。すると香田は言った。

「5分だけ時間をやる。キャビンの問題はキャビンで解決してくれ」

「……はい。かしこまりました」

のり子は緊張の面持ちで出ていった。元は香田を見た。香田は平然とした表情で管制に5分の待機を申請する。

「5分じゃ無理ですよ」

元はあくまで杓子定規な香田に言った。

「他の負傷者もいる。それ以上は待てない」

「でも、キャビンで何かあったら、チーフの富樫さんの責任にもなります」

「それが彼女の仕事だ――」

「でも、このフライトは、富樫さんにとって特別なフライトですよ。もうちょっと、クルーの気持ちとか、考えてもいいんじゃないですか」

「シップは現場だ。前線だ。我々は社員旅行に来ているわけではない」

香田は冷たく一蹴した。

のり子がキャビンに戻ると、るり子は依然として激しく泣きじゃくっていた。

「功ちゃん……功ちゃん……どこ……」

両親はかける言葉をすっかり失っている。のり子は大きく息を吸って覚悟を決めると、両親のそばに行って何か囁いた。両親が頭を下げた。

「相馬さま……私の話を聞いていただけますか？」

るり子は泣きやんで静かに語りかけるのり子を見上げた。両親や医師はその様子を固唾《かたず》をのんで見守っている。のり子はそっとるり子の手を握った。

「残酷なことを申し上げますが、お許しください。……ご主人は、亡くなられました。現在、ご両親がご遺体を確認されてます――」

「いや！　やめて……聞きたくない――」

「すみません。ごめんなさい。でも、本当のことです。私たちは相馬さまや他のお客様だけでもお助けしたいと、この便を飛ばしてまいりました。どうか一緒に日本へ帰りましょう」

のり子は心をこめて説得している。キャリアの全てを賭けた、真剣そのものの表情だった。

「タイムリミットだ。離陸する――」

香田がインターフォンでキャビンにいるクルーに告げた。

「もう少しお待ちいただけませんか」

CAが言った。キャビンでは、るり子がのり子の手を振り払って泣いている。その様子はコックピットにもインターフォン越しに伝わっていた。

「私、死んでもいい……！　功ちゃんがいないんなら、死んだほうがましよ！」

「――あなたが死んだら、誰がご主人のことを思い出してあげるの？　やさしいところや、憎らしいところ、すてきなところ……ご主人がこの世に生きていたことを心にとどめていけるのは、あなたしかいないんじゃないですか？」

「わかったようなこと言わないでよ……」

るり子は少し冷静さを取り戻した。

「私は、結婚していません。ですから、ご主人を亡くされた悲しみがどれほど深いかを知ることはできません。ですが……人を好きになったことはあります。悲しい別れも経験しました。一度でも好きになった人のことは、心のどこかでずっと大事にしていきたいと思っています……。それが、自分を大切に生きることだと思うから……」

のり子はるり子の手を握った。

「帰りましょう。日本へ」

るり子は泣いていたが、のり子の手を強く握り返していた。コックピットでじっと聞いている元に香田が言った。

「富樫チーフには5分で充分だったようだな。行くぞ――」


成田空港の滑走路に998便が着陸した。待機していた救急隊がるり子を担架に乗せて運び出した。医師や看護師、両親が担架に付き添っている。のり子やCAたちが見送りに立つと、るり子がストレッチャーの上からスッと手を上げた。

「スチュワーデスさん……。ずっとついてるって言ってくれたじゃない……」

「富樫チーフ、病院まで見送るそうです」

元は香田に報告をしたが、香田はフライトログにサインをすると、立ち上がってコックピットを出ていこうとした。

「あの……、富樫さんを待たないんですか？」

「なぜだ」

「なぜって……だって今日は富樫さんのラストフライトじゃないですか」

「フライトごとにクルーは代わる。富樫くんがいなくなれば、他の誰かが、そのポジションを埋めるだけだ。代わりはいくらだっている」

香田はにべもない。

「でも、富樫さんは富樫さんだけです。富樫さんの代わりは誰もいません。香田さんの代わりだって……悔しいけど、ぶっちゃけ……ほかの誰にもできないと思いましたし……」

「他人の評価をしている暇があったら、自分の今日の仕事の反省をしろ。自分の評価は自分で下す。富樫くんも、自分の評価は自分で下すだろう」

香田はふとさびしげな表情をかいま見せた。

「……彼女が空を降りるという選択をしたら、それは誰にも止められない。お前も、余計なことはするな」

釘を刺して出ていく香田を元は意外な思いで見つめていた。香田とのり子の間には、元には計り知れない深い事情がありそうだった。

元がマネージメントセンターに戻ってくると、うららが笑顔で待ちかまえていた。

「すごいですね！　テレビ見ましたよ！　すっごいドキドキしちゃいました。どんなフライトだったか、食事でもしながら、ゆっくりお話、聞かせてもらえませんか？」

「あ、ごめん。今日は無理」

元はあしらった。

「じゃ、明日」

「明日もわかんない。ごめん、用事あるから」

「いいんですよ。その代わり、いつか、誘ってくださいね！」

うららはにこにこ顔で明るく元に手を振った。


マネージメントセンターのエントランスにのり子のタクシーが着いた。コート姿ののり子が暗くなっているエントランスに入ると、ロビーで元が待っていた。

「もしかして、私を待っててくれた？」

「一応……。相馬さんのことも気になったし……」

元は言い訳をした。

「もう、生命の危険はないそうよ。よかったわ。少しは報われた気がするわね」

「お疲れさまでした」

「いいえ。そちらこそ。じゃ、私、報告書があるから」

のり子は踵を返した。

「あの……ＣＡを辞めないでください——」

元はのり子の背中に言った。

「聞きました。訓練センターの教官に打診されてること」

「それで……？」

「ええっと……俺、今日のフライトで改めて思いました。やっぱ、ずっと現場にいて、ずっと飛んでほしいです」

「うれしいけど。会社の意向も大事だしね。わがままばっか言ってられないわ」

のり子はさびしそうに笑った。

「わがまま言ってもいいと思います。もっと本音で生きたらいいじゃないですか。つーか、ぶっちゃけ、本当はわがままじゃないですか、富樫さんて」

「……それって、ひどくない?」

「いや、いい意味で。……だからずっと、もっと……わがままなほうが……何ていうか、かっこいいです。キャビンの女神っていうか……母っていうか……」

「母って……もう少し、うれしくなるような言葉で言ってよ。もう――」

「……すみません。だから……言いたいことは……ずっと俺たちと飛んでください。香田さんも、それを望んでると思います」

「……ありがとう。でも、それは、私が自分で決めることだから。お疲れさま――」

のり子は軽い疲労を覚えながらCAルームに戻った。のり子はひとりで椅子に座って、これまでの勤務に、思いを馳せた。

元はのり子に自分の思いを伝えることができず、お好み焼き屋でチマチマと生地をこねていた。

「何、すねてんのよ」

歩実が突然入ってきて声をかけた。表のジープを見て入ってきたのだった。

「……何だよ、突然声かけんなよ」

元はいつになく元気がない。

「は？　突然じゃない声のかけ方とかあんの？　あの……あの……何すねてんですか……」

歩実はいつもの軽口に戻そうと一生懸命、元に話し始めた。

「ムカつくなあ。お前、マジで」

「あれ？　まだ怒ってんの？」

歩実は元とちょっと離れた席に座った。

「怒ってねーよ。つーか、いやみっぽすぎるっしょ。そんな離れて座ると」

歩実は元の向かいの席に移った。

「おばちゃん、デラックスお好み特盛り2枚ね！」

歩実は元気よく注文した。

「え、そんな食うのかよ!?　とか言わないの？」

「……そんな食うのかよ」

元はボソボソとつぶやいた。

「暗いね、今日は」

「こんなもんだよ。いつも」

「うそ。いつもはぺらぺらしゃべるくせに」

「じゃあ、今日はお前がしゃべれよ」

「あたし、食べるの担当だもん。これもらっていい？」

歩実は元が焼いていた野菜焼きにパクついた。

「……なんかさ、いつもは300人近い乗客乗せてるじゃない」

元は手を止めて、神妙な表情で話し始めた。

「なのに、たった何人かしか乗せてない今日のほうが、シップが重い気がしたよ」

「そう……」

「新婚旅行でダンナ亡くしちゃった人がいて……最後のフライトかもしれないCAがいて」

歩実は元の話を受け止める。

「わかるよ……キャビンの整備するときね、この席は楽しい旅行だったのかなとか、こっちは悲しい旅だったのかなとか、そういうこと考えながら、やるときあるから。……全部の席のね、表情が違うんだよね。一つのシップには、いつも……喜びとか希望とか出会いとかと隣り合わせに、別れとか悲しみとかが座ってて……。それぞれの人生だから、あたしたちができることなんて何もないんだけどさ……でも、それぞれの席に座る人に、がんばれよ。いいことありますように、って思いながら整備してる。だから、出発するシップを見送るときにあたしたち整備も大きく手を振って、グッドラックって声をかけるの」

「……たまにはさ、いいこと言うね」

元が照れたように誉めた。

「いつもそれくらいまともなこと言えば、少しはモテるようになるよ」

「大きなお世話だよっ!!」

歩実は元のお好み焼きを奪って、焼き始めた。

「あーあー、肉は別に焼かねーと」

元は笑った。歩実の気持ちがうれしかった。


「気持ちは固まったかね?」

翌日、のり子は久木田に呼ばれた。

「はい」

「それはよかった。さっそく、君の昇進を上にあげるとしよう」

「いえ、リーダー、ありがたいお話ですが、辞退させてください」

「えっ? 何言ってるかわかってるのか? 昇進だぞ。みんなが望むポストなんだぞ。このままずっと若いCAに交じって酒や食事を運ぶほうがいいと言うのかね……」

「課長、お言葉ですが、私たちCAはお飲み物やお食事も提供しますけれど、お客様によい旅だったと思っていただけるような、楽しい時間や空間も提供しているつもりです。楽しい旅行の方にはもちろん、つらい旅、悲しい旅の方には少しでもその気持ちを分かち合えたらと思って、やってまいりました。後進の指導も大切な仕事だとは思いますが、私はこれからも一人のCAとしていろんな旅の思い出をお客様と分かち合っていきたいと思います」

のり子はきっぱりと久木田に告げた。

「今回を逃したら、もう二度とこんなチャンスはないぞ。それでもいいんだな？」

「はい。それも私の人生です――」

のり子の表情は晴れやかだった。


元は成田のカフェで新聞を読んでいた。『相馬るり子さん、夫の死を乗り越えて』と、チャーター機で搬送した女性の記事が載っていた。記事に目を通していると、隣にのり子が座った。

「断ったわ、教官の話」

のり子は迷いのない微笑みを浮かべている。

「今回の特別機は大変なフライトだったけど、まだ私にできることあるんじゃないかなって思えたの。フフ。とりあえず、新海くんが機長になるまでは飛ぶつもりよ」

「俺が？」

元は驚いた。

「なぜだかわかる？　……あなたが好きだから」

のり子は真顔で言った。

「――ね、ドキっとした？」

のり子は少女のようにいたずらっぽく笑った。

「なんだ。冗談か……」

のり子は笑いながら席を立って、元に手を振って出ていった。廊下の向こうから香田が歩いてくる。

「これからもよろしくお願いします」

のり子は笑顔で声をかけた。

「……こちらこそ」

香田は答えた。ふたりはすれ違いながら歩いていった。

元は謎めいたのり子の言葉にまだドキドキしていた。

#05
GOOD LUCK!!

「皆様、当機はワシントン・ダレス空港を離陸後、順調に成田に向けて飛行しております。機長からの連絡によりますと、成田空港到着時刻は定刻の午後3時10分を予定し——」

太田が機内アナウンスをしている。

「出張だから仕方ないっすけど、1泊でアメリカはきついっすよね」

元は隣の席の内藤ジェーンにこぼした。ボーイングの新しい機材をアメリカに視察に行った帰りの飛行機の中だ。香田とジェーンと元の3人はキャビン最後部の座席に窮屈そうに並んで座っている。ＡＮＡ００１便のエコノミーキャビンは満席だった。うららたちＣＡがミール後の片づけやドリンクの給仕に追われている。

「会社もシビアだよな。出張なんだから、ビジネスくらい用意してくれてもいいのに」

ジェーンはこぼしつつシートをグイッと倒して、目を閉じた。元も到着までひと眠りしようと思い、毛布を探ったが、ない。隣のジェーンを見ると毛布を2枚使って、わざとらしくいびきをかいている。元は首を伸ばしてCAを捜したが、うららたちは満席の客の対応に追われて、声をかけるのもためらわれた。

「……キャビンも戦争ですね」

元は感心して思わずつぶやいた。

「今頃知ったのか」

香田は姿勢よくコーヒーを飲み干し、カップをテーブルに置いた。

「……知ってましたよ。改めて思ったんです」

元はムスッと不機嫌になった。キャビンを眺めると、赤ん坊をあやしている太田や、にこにことドリンクを出すうららが見える。うららは元の視線に気づいてすぐに寄ってきた。

「新海さん、出張ご苦労さまです。何かご用ですか?」

「忙しいのに悪い。毛布1枚」

「はーい。ただいま」

うららはにっこりと去った。振り返りざまに、うららの尻が香田のカップにひっかかった。

香田は倒れかけたカップを無言で元に戻すと、注意力散漫なCAに、厳しい視線を送った。

うららは数列前の客に呼び止められたところだ。客はニット帽にサングラスをかけている。

「はい。お客様、何か?」

「赤ペンないかな」

男はチェック中の楽譜をうららに見せた。うららは赤ペンを探す。客がサングラスをはずす。バレエダンサーの熊川哲也だ。

「ああっ……！」うららは声をあげた。「あ、赤ペンですね。はい！　おまかせください」

うららは小走りに前方に向かった。途中、水をもらおうとしている老婆がうららを呼び止めたが、もどかしい様子で「少々お待ちください」と告げる。

「あのCAと親しいのか？」

香田は呆れ顔で元にたずねた。

「いえ、親しくは……」

香田はうららの動きを引き続き冷ややかに観察した。

うららはギャレーに戻ると、さっそくはしゃいで先輩たちに報告した。

「まじ？　クマテツがエコノミーに乗ってんの？」

「お忍びなんですって！　どうしよう、うわー」

うららはサービス用のキャンディやおつまみなどを持ってバタバタと出ていった。太田は唖然としながらその会話を聞いていた。

うららがキャビンの通路を急いでいると、先ほどの老婆に再び声をかけられた。が、うららはまた「少々お待ちください」と通過して、熊川の席に駆け寄った。それに気づいた太田が、慌てて老婆の席に向かいフォローする。

「当社のサービス品でございます」

うららは赤ペンと一緒にポーチを熊川哲也に差し出した。

「いつも公演見てます。今度、『白鳥の湖』やるんですよね。でも、なかなかチケット取れなくて……」

うららは小声で囁いた。

「じゃあ、取りましょうか？　赤ペンのお返しに」

「あ、ありがとうございます。私……深浦うららと申します」

うららがポケットから名刺を取って差し出そうとする。その瞬間、香田が後ろから割って入った。

「先ほどから、うちのクルーがお邪魔をいたしました」

香田は丁重に一礼すると、そのままうららの手を引っ張って、ギャレーに向かった。元とジェーンは顔を見合わせる。太田は最悪の事態を考え、ハラハラ見ている。

「何するんですか。痛いじゃないですか」

「何をしているのか聞きたいのは、こっちのほうだ。キャビンを見てみろ。サービスもろくにできていないのに、名刺を渡してる暇などないはずだ」

「すみません。ずっとファンだったんで、つい……」

「『つい』や言い訳が通用する世界だと思って働いているのか、君は！」

香田に怒鳴られ、うららはふるえあがった。その様子に、近くの乗客がざわつき始めた。

「申し訳ございません。私のほうでよく指導いたしますので」

太田が間に入った。

「あなたが指導した程度で改善するとは思えない。この一件だけではない。君は全てにおいて自覚がなさすぎる。ＣＡとしても、人間としても失格だ」

香田に一喝され、うららはさすがにショックを受けている。

「香田さん、キャビンに聞こえます。成田に着いてからにしてください」

元がギャレーに入ってきた。

「成田に着いてからでは遅い。こんなＣＡにサービスを任せていたら、わが社の信用に大きな傷がつく恐れがある。できれば、今すぐ降りてもらいたいくらいだ」

「そこまで言わなくても……」

うららはいきなり元に抱きついて「うわーん」と大声で泣き出した。


深浦うららはフライトから戻ると、成田マネージメントセンターの一室に呼ばれた。久木田の前でしおらしく頭を垂れている。が、その表情は、悔しそうにゆがんでいる。

「まことに申し訳ございません。チーフの私の監督不行き届きでございました」

太田が深くていねいに頭を下げた。

「まったく、監査室の香田機長から呼び出されたよ。深浦くんにこの先もＣＡを続けるのかどうか、よく考えさせたほうがいいと言われたぞ」

久木田は自分より若い香田に悪しざまに言われ、恥をかかされたと感じているようだ。

「しっかり反省してくださいよ。ま、今回は少しシフトを離れて、ＣＡの心得について、よく考えなさい」

「は。香田キャプテンには、改めて二人でお詫びに行ってまいります」

太田がとりなすように言った。

「……私、香田さんには謝りません」

うららは腹の据わった目でふたりをにらんだ。

「有名人のお客様で舞い上がってしまったのは私のミスです。でも、だからって、どうして、香田さんにキャビンで怒鳴られて、皆の前で恥をかかされなきゃいけないんですか？　だいたい、香田さんのやり方はおかしいと思います。みんな香田さんが怖くてぴりぴりして、かえって実力が出せないこともあるんです」

うららの勢いにふたりはたじたじだった。

「私に反省しろって言うなら、香田さんにも反省を求めてください」

「深浦くん、まあ、そんなに大ごとにしなくても」

久木田はやんわりとたしなめたが、うららは首を振った。

「それが無理なら、私、名誉毀損で香田さんを訴えます――」

元はマネージメントセンターのロビーで歩実を見かけて呼び止め、封筒を差し出した。

「はい。おみやげ」

「……なに？」

「ボーイングの新しい機材の資料。見学してきたから」

「ああ……」

歩実は中身を見て、がっかりしている。

「違うもん、期待した？」

「バッカじゃない？」

「今夜、メシでも行く？　……あの、せっかくアメリカまで行って見学してきたから、整備さんとしての意見を聞かせていただこうかと思って」

「……だったらいいけど」

歩実が返事をしていると、安住が走ってきた。

「おう、新海！　タイヘンだよ。えらい騒ぎ——」

元は安住に引っ張られて乗員室長室に駆けていった。

「——訴える？」

香田は室長のデスクの前に立っていた。

「CAの深浦が、自分を、ですか？」

「深浦くんは君にはずかしめられたと言ってるそうだ」

「彼女は職務怠慢でした。自分は安全飛行のために叱責しただけです」

香田はまったく不本意だった。

「向こうは名誉毀損だと息巻いて、すでに弁護士にも連絡したと開き直っているらしい。ただし、君が謝罪したら取り下げるということだ」

「ばかばかしい。私は謝罪などしません。訴えるなら訴えればいい。受けて立ちます」

「そういうわけにはいかんだろう」

室長はなだめた。

「そうでなくても、君がやり過ぎだという非難の声があちこちから上がっているんだ。君のやり方にも問題があるのじゃないのかね？」

「私は監査室の任務を忠実に果たしてまいりました」

香田が答えたとき、元が部屋に入ってきた。

「失礼します。副操縦士の新海です」

「君は香田くんと深浦のトラブルの現場に居合わせたそうだね。どういう状況だったのか報告しなさい。香田くんに気を使うことはない。正直に言いたまえ。香田くんがキャビンで深浦の手をねじりあげたというのは事実か？」

元は香田をちらっと見た。

「人間として失格という暴言を吐いたのは？」

「あ……はい」

「それでは名誉毀損だと言われても仕方ないな」

室長は嘆いている。

「あの、お言葉ですが、香田さんが深浦を叱責したのは、名誉を傷つけるためじゃないと思います。香田さんはクルーのレベルを上げようとしただけで――」

「――君は聞かれたことだけ答えればよい」

室長はぴしゃりと言った。

「香田くん、私にもかばいきれん場合がある。その時は覚悟したまえ」

室長は険しい顔で香田に告げた。

元は思いがけず自分の発言で香田の分を悪くしてしまい、バツが悪かった。

「俺、本気じゃないと思います、深浦はいいかげんな奴だけど……そんな、クルーを訴えるような奴には思えないし」

「励ましてでもいるつもりかもしれないが、今回の件が私のフライトに及ぼす影響はなにひとつない。つまらん話はもう終わりだ」

香田はまったく動じていないようだった。

「明日は私と香港へのフライトだろう。早く帰って、体調を整えなさい」

香田は平然としていたが、余波は思わぬところに及んでいた。CAルームにフライト帰りののり子が入っていくと、若いCAたちがコーナーの椅子に集まって騒いでいる。うららは少し離れた椅子に座ってそっぽを向いている。

「私たち、このままでは香田さんとは一緒に飛べません」

CAたちが太田に抗議した。

「いいかげんにしなさい。そんなワガママ許されるわけないでしょう」

太田は焦ってとりなしている。

「ワガママじゃありません。私たちCAも同じプロである以上、機長の越権行為に抗議する権利はあると思います」

「正直、私たち、限界なんです」

翌日、香田と一緒の便でフライト予定のCAたちがこぞって抗議している。

「深浦さん、あなたがけしかけたんですかッ？」

太田はうららを見た。

「いえ。私は事実を話しただけです」

うららはツンと上目遣いで挑むように太田を見据えている。

「どうしたの、深浦さん。チーフに向かって」

のり子が割って入った。

「私、怒ってるんです。許せないんです、香田さんが」

うららは言った。

「私たちも許せません」

「いくらミスをしたからって、CAの戦場であるキャビンで罵倒するなんて横暴すぎます」

「私たちだって、みんな一生懸命働いてるんです。それを踏みにじるようなキャプテンとは、もう飛べません」

「ずっと我慢してきたけど、この際、正式に抗議したいと思います」

ＣＡたちが口々に不満を言った。のり子は冷静に意見を聞き終えてから言った。

「確かに香田さんは厳し過ぎるところがあるわ。でも、私たちプロなんだから、仕事で見返すべきなんじゃないの？」

「富樫さん、香田キャプテンの味方をするんですか？　私たち、香田キャプテンを訴えることにしたんです。私たち、本気ですから――」

ＣＡたちはすっかり打倒香田ということで結束している。のり子と太田は困惑したように顔を見合わせた。


翌朝、ディスパッチルームで元が天気図を確認していると、香田が入ってきた。

「今日は乱気流が出ている。早めにシップインしよう」

元と香田が部屋を出ていこうとすると、そこへ上司の武藤が入ってきた。

「香田くん、急なシフト変更で悪いが、９０９便はスタンバイの内藤キャプテンに飛んでもらうことになった」

「理由は何ですか？」

香田がたずねた。

「ＣＡたちが、君と一緒の便には乗れないと申し出てるんだ」

「そのような勝手を許すのですか」

「許しはしない。が、乗客に迷惑をかけてからでは遅い。それが私の判断だ――」

武藤はシブい顔をした。

ＡＮＡ９０９便はジェーンを機長に迎えて離陸した。

「はい、内藤キャプテン、どうぞ」

中堅ＣＡの美和子がコックピットにコーヒーを運んできた。いつになくサービスがいい。

「皆、喜んでますよ。ミスター・ジェーンがキャプテンでよかった、って」

「あ……そう？」

内藤ははしゃぎながらも、複雑な表情だった。

「それにしても香田ちゃん、かわいそうだなー。みんなに嫌われちゃって――」

元はため息をつきながら、窓の外の雲に目を落とした。

「失礼します」

のり子は監査室の香田を訪ねていた。

「……なんの用だ？」

香田は何もしていないようだった。

「どんな顔してるかと思って」

「ひやかしか」

香田は苦笑した。

「ええ。だって、初めてでしょ。これまで人を切ってきたあなたが逆に切られるなんて」

「まあ、せいぜい見物してくれ」

香田はのり子のほうを向いた。意外にもふっきれた顔をしている。

「大丈夫なの？」

「さあな。いっそ訴えられてクビになったほうがラクかもしれんな」

「そうかもね。そしたら、あなたも、あの12年前のことから自由になれるかもしれないもの」

ふたりはいつになく、軽口を叩き合っている。

「辞められっこないか、パイロット」

のり子が肩をすくめると、香田は苦笑いしながらうなずいた。


「降ろされた……？　香田さんがですか？」

歩実はハンガーで作業中、阿部から香田の処遇を聞いて驚いた。

「ほら、CAの深浦が香田さんを訴えるって言ってるじゃん。もともと香田さんに不満もってたCAたちが賛同したんだって」

「香田さんもちょっとやり過ぎのとこあるからな」

「味方する奴いねえだろうな。それに、ここだけの話、深浦さんて結構可愛いしな」

整備士たちは好き勝手に噂をしている。歩実はヘルメットを外しながらマネージメントセンターのCAルームに向かった。作業着姿の歩実を見て、CAたちが誰よという目でチラリと見る。歩実はうららを探していた。うららはカフェでひとり昼食をとっていた。

「香田さんを訴えるって本当？　どうなの？　ほんとなの？」

歩実は詰め寄った。

「まあね。謝ってくれたら、取り消してもいいんだけど」

うららは余裕の笑みを浮かべている。

「謝るの、そっちなんじゃないの？」

「どういうこと？」

「香田さん、理由もなく怒る人じゃないから」

歩実はうららをにらみつけた。

「どんな理由があったって、人を傷つけていいわけないでしょう」

うららはムッとして言い返した。

「そういうのね、逆恨みって言うのよ」

歩実は冷たく言い放って、帰っていった。

「あなたに何がわかるのよ」

うららは悔しそうにつぶやいていた。

翌日、元は香港から戻ってきた。

「香港便、無事に到着しました」

元は様子が気になって、香田の部屋を訪ねて報告した。

「ご苦労だった。フライト前の急な変更、申し訳ないと思っている」

「そんなん、いいんですけど……」

「けど、なんだ？」

「いや、どうなったんですか？　深浦の件」

「今日のところは、まだ被告人にはなっていない。だが、しばらくシフトを外れることになった。CAが同乗しないようではフライトは成立せんからな」

香田は心なしかさびしい顔をしている。訴えられることよりも、飛べないことがつらいのだろう。元は気持ちがわかるような気がした。それで思わず言った。

「俺……なんかできること、ありますか？」

香田はあまりにストレートな申し出に思わず元の顔を見た。

「や……なんか気になったんで」

「前にも言ったはずだろう。人の心配をしているヒマがあったら」

「はい。自分の心配をします」

元はため息をついて部屋を出た。


うららもまた、シフトから外されていた。処遇が決まるまでフライトできないことになったのだ。うららは手持ちぶさたのあまり、成田の出発ロビーをぷらぷらと歩き回っていた。

旅行客が楽しそうにスーツケースを引いていく。その脇をCAたちがさっそうとフライトに向かっていく。うららは自分の状況を嘆くように思わず目を伏せ、外へ出た。

駐車場では元がジープに乗って帰ろうとしていた。うららは駆け寄る。

「お疲れさまです。香港のフライト、いかがでしたか」

いつもと同じテンションでうららはにこにこしている。元は心底呆れていた。

「無視しないでくださいよ。待ってたんですから」

「お前、ダサすぎ。自分で思わねえのかよ。仲間訴えるなんて、かっこわりィっしょ」

「あんな人、仲間じゃありません。新海さんだって、あの仕打ち見てたでしょ」

「だからって訴えるか？　やめろよ、そんなくだらねえこと」

「訴えるのやめたら、結婚してくれますか？　百歩譲って、一緒にお泊まりでもいいですけど？　あっ……冗談ですよ。ありえませんよね。失礼しまーす」

うららは一方的に冗談めかして去ろうとした。

「おい……乗れよ」

元は去っていくうららを大声で引き留めた。性格上、放っておけなかったのだ。

香田は勤務を終えてマネージメントセンターから出ると、歩道に立ち止まって飛来するジャンボ機を見上げた。

「——お疲れさまです」

歩実が立っていた。

「ああ……」

香田は歩実を見て、表情をやわらげた。

「意外とふつうですね。もっと悲壮な顔してるかと思ったけど……ふつうにお腹空いたーって顔してますよ」

香田は歩実を見て、フッと笑った。空港近くの道を香田と歩実はぷらぷらと歩いていた。

「整備の仕事はどう……？」

香田はぎこちなくたずねた。

「おもしろいです。といっても、怒られてばっかりですけど」

「女性だと、やりにくいこともあるだろう」

「いいえ。みんな、飛行機飛ばすのに夢中な奴ばっかだし……それにあたし、無愛想だから。……あんまりうまくないんです、人とつきあうの。思ってること、すぐ顔に出ちゃうっていうか。CAさんみたいに、ニコニコ愛想よくできなくて」

「無愛想なら、俺に勝てるものはいないがね」

香田は平然と言った。

「そんなこと言う人だったんだ」

歩実はプッと噴き出した。

「……ん？」

「空港から出ても、冗談ひとつ言わない人だと思ってた」

「それでは身がもたんさ。人並みの私生活はある」

「じゃ、恋人とかもいるんだ？　……あ、すみません。ため口きいちゃって」

「いや……」

香田は微笑んだ。どうも、緒川歩実の前では、ふだん頑《かたく》なに装っている部分がはがれてしまう。


元とうららはバー・イーグルに入った。

「なーんだ。ここだったんですか。ホテルのレストランでも連れてってくれるのかと思ったのに。で、その後、上に部屋とってるよとかなんとかかんとか？」

「……なわけないでしょ」

「あ、ひどい。叱られて殴られて、ぼろぼろに傷ついてるのに」

「おおげさな。殴られてなんかねえだろ」

「殴られてはないですけど、にらまれましたよ。あの人に、すっごい怖い顔して」

「あの人？」

「整備のぶすっとした人」

「緒川に……？　なんで？」

「香田さんは理由もなく怒る人じゃない。逆恨みするなって」

「へえ……」

元は感心してしまった。さすが、言うときは言う女だ。が、それが香田をかばってのことだと思うと何かひっかかる。

「ひどいと思いませんか?」

「ん……? お前のほうがひどいよ」

「あ、あんな人の味方するんですか? まさか、つきあってるんじゃないでしょうね」

「そんなこと言ってる場合じゃないだろ。こんな騒ぎ起こして、お前も居づらくないの?」

「別にいいです。私、そんなに長くCA続ける気なかったし」

「なんで……?」

「お客様にはいろんな人がいるし、女どうしの職場だから、気を使わなきゃいけないこともたくさんあるし……。新海さんにはわからないと思うけど……」

その時、店の扉が開いて、香田と歩実が何やら親しげに入ってきた。元は思わぬ取り合わせに動揺した。香田と歩実は元たちに気づかず、少し離れたテーブルに座った。

「怒ったんですか、新海さん?」

うららの声に、香田と歩実が気づいて顔を向けた。

「あ……!」

うららが二人に気づいて声をあげた。元は仕方なく香田と歩実のほうを見て会釈した。その一瞬、嫉妬や怒りや気まずさ、4人のいろんな感情が交錯する。

「あの、そっち、いいスか？」

元はうららを促してテーブル席に移動した。歩実と香田が気になっている。

「ちょうどいいじゃん。言いたいことあったら、弁護士や裁判所じゃなくて、本人に言ったほうがいいよ」

元は嫌がるうららの手を握って、香田と歩実のテーブルへ連れていく。歩実は元がうららの手を握っているのを見逃さなかった。

「やめてください。話し合う気なんてありません」

うららは香田の鋭い視線にひるんで、カウンターに戻ろうとする。

「なんでだよ。言いたいこと言えばいいじゃん」

「……この人がいるから、いや」

「なんで？」

歩実はムスッとした。

「だって、関係ないもん。クルーじゃないし」

うららは言った。

「怖いんだ。自信ないんだ」

歩実は挑発している。

「やめろって」

「だって、そうじゃない。自分が正しいって自信あったら、誰がいようと堂々と話できるはずでしょ」

歩実とうららはにらみ合っている。が、うららが先に目をそらして、店を飛び出していった。元はうんざりしたが、香田と歩実の前にも居づらくて、うららの後を追っていった。

元が表に出ると、うららは樹にもたれて、意外にもしょぼんと立っていた。

「送ってくよ」

元はジープのドアを開けた。

「巻き添えにして悪かったな」

香田が歩実に詫びた。

「香田さん、なんにも悪くないです。ほんとです。あたし、香田さん見てると、安心する」

「安心？」

「だって、ほんとに飛行機を安全に飛ばそうとしてるって、わかるから」

「整備さんにそう言われると光栄だが」

「……あたし、両親、いないんです」

歩実の話に、香田の表情がかすかに揺れた。

「中学のとき、飛行機事故で死んだんです。外国の航空会社だったんですけど。すごい悲しい思いしました。だから、もう二度とあんな思いする人がないようにと思って、飛行機の整備士になったんです。絶対に空の安全守ってやるって」

「……そう」

「不思議……。言えちゃった。会社の人には、誰にも言ったことなかったんです。同情誘ってるみたいだから。なんか、ちょっと気がラクになりました」

歩実は子どものような無防備さで香田に笑顔を見せた。


元はうららのマンションの前まで車で送っていった。

「ありがとうございました……」

うららの声にはいつものような元気がない。

「あの、彼女の言ってたこと、あたってます。私、自信ないんです。なんにも」

うららはシートベルトをはずして、うつむいた。

「うらやましいです。新海さんも香田さんも緒川さんも……みんな、やりたいことやってて。夢かなえて仕事してて」

「CAは希望の仕事じゃなかったの？」

「私、幼稚園の頃からアイドルだったんですよ。可愛いってみんなからちやほやされて。本当は女子アナになりたくて、テレビ局の試験いっぱい受けたんです。でも、ダメで、だから、とりあえずカッコつくっていうか、人からちやほやされる仕事につきたくって、CAを選んだんです。でも、CAになってみたら、笑っちゃうくらい考えてたのと違う仕事で……ぜんぜんちやほやなんかされないし、すっごいしんどいし、香田さんみたいな機長はいるし……

だから、いつ辞めてもいいなって……」

「お前、今、楽しい？　ぶっちゃけぜんぜん楽しくねーだろ？　逆にさ、お客としてシップに乗ってるとするじゃない。いやいややってるCAさんにサービスされてもさ、ぶっちゃけ、いやじゃん。でもなあ、もったいないよ。お前、キャビンでサービスしてるとき、すげえいい顔して笑ってるのにな……。俺は、もっとさ、夢中でやったほうが、ぜったい楽しいと思うけどな」

「……新海さん」

うららは上目遣いに元を見た。

「抱きしめてください！　新海さんがぎゅうって抱きしめてくれたら、私、もう香田さんを訴えるなんて言うのやめます。お願いします。誰も見てないから」

うららは元のほうにググッと体を寄せた。

「……そんなことできないって」

元は困って車を降りた。

「そういうのいやじゃん、ほら……ほんとに好きじゃないとさ」

「うわ。ほんとにひどい人ですね、新海さんて」

うららは車を降りると、マンションに駆け込んでいった。つれない元だったが、うららの顔には本物の笑みが戻っていた。

元がマンションに戻って鍵を開けようとしていると隣のドアがギイと開いた。身構えたが、中から出てきたのは、なんと弟の誠だった。

「兄貴！　部屋の前で待ってたら、ゴハン食べないかって言ってくれたからさ」

美淑が後ろから出てきた。

「キムチとレイメンごちそうしました」

「うまかったです」

「それは、あの、すみません」

「もうタカシちゃんったら食べる食べる。びっくりしちゃった」

「俺、誠だけど」

「隠さなくてもいいのよ。ね、ショウちゃん」

元は美淑をふり切って、誠を部屋に入れた。

「なに、ショウちゃんて？　もしかして名前隠してつきあってたり？」

「つきあってねーよ。なんだよ、急に？」

「え？　ああ、今夜、泊めて。っつーか、俺、ここに越してくるから。俺、もうオヤジの相手すんの疲れた」

「……喧嘩でもしたのか？」

「喧嘩にもなんねえよ。あんな横暴な奴。高校辞めて働くって言ったら反対されてさ」

「親父に言って出てきたのか？」

「どーせ兄貴は帰って話し合えとか言うんだろ。俺、ヤだからね。もう決めたから」

「……なんで、どっちもこっちも、こうなんだよ」

元はどっと疲れがこみあげ、思わずため息が出た。まったく今日は、当事者どうしの間にはさまれて大忙しだ。元は嫌がる誠をジープに乗せて、実家に戻った。良治は平然とした顔で店の台帳をつけていた。

「ごちゃごちゃ言ってねえで入れよ」

元は誠を追い立てた。良治は黙って無視を決め込んでいる。

「やめろよ、家出るって言ったろ。俺はすげー考えて決めたんだ。高校行って、店、手伝うんじゃ中途半端だから、船、継ぐんだったらきちんとやりてえんだ」

「高校やめんのは、中途半端じゃないのかよ。頭わりーからだろ」

「なんだよ、好き勝手に。兄貴が継がねえから、俺がやってんだって。だから、俺はどうせ継ぐなら、きちんとやりてえって言ってんの」

「うるせえな。元には継がせる気なんか、こちとらもともとねえんだよ。ぐちゃぐちゃ言ってねえで早く出ていけ」

良治はろくに誠の顔も見ないであしらった。

「親父もそんな言い方しなくてもいいじゃないか。……俺だって、悪いと思ってるよ。店継げって言われてたのに、勝手なことして」

元の話の途中で良治は立ち上がった。

「なんで無視すんだよ――」

元はいきり立った。

「なんで、みんなすぐ逃げんだよ。話せばわかるなんて言うつもりねえけど、わかんなくても、いいじゃねえかよ。ちゃんとぶつかれよ」

元の話を聞くと、良治は出ていってしまった。

「兄貴……」

誠は情けない顔でおろおろしている。

が、良治はジャンパーを着込んで戻ってきた。

「桿《さお》、持ってこい――」

良治はジャンパーを元に差し出した。元と誠は父親と一緒に店の船で夜の海に出た。やがてエンジンを止め、夜釣りが始まった。親子3人、それぞれの方向を向いて船べりに座り、黙って釣り糸を垂れている。

「俺はな、こんなちっぽけな船じゃなくて、もっとでけえ船に乗ってほしいんだよ。俺が昔乗ったような、でけえ船にな。360度どっち向いても海って世界によ、一度行ってほしいんだよ」

良治はぼそぼそと語った。元は父の気持ちがわかるような気がした。海と空の違いはあるにしても。

「頭の悪いやつにはでっかい船は厳しいってよ」

元は誠に言った。

「わかったよ、もう」

誠はうざったそうに言った。

「俺、船は好きだから」

「親父のことが好きだってよ」

元は笑った。

「そんなこと言ってねえ」

誠が言うと、「うるせえな」と良治が一喝した。

良治の年老いた背中がうれしそうに息づいている。多くを語らなくても、親子は親子だった。元はうれしくなって、そっと夜の空を見上げた。星がやさしくまたたいていた。


翌日、元が成田マネージメントセンターに出社すると、うららが待ちかまえていた。

「新海さん、責任とってくださいね」

うららは香田のいる監査室に向かってずんずん歩いていく。元はうららを追って一緒に監査室に入った。

「あのっ、訴えるって言ったの、取り消します――」

うららは香田のデスクの前に立ちはだかって、不機嫌そうに言った。元は戸口に立ってふたりの様子をながめている。

「あ、誤解しないでくださいね。私、香田さんに屈したわけじゃありません。やっぱりキャビンで怒鳴ったり、こっちが立ち直れないほど罵倒するのは認められません」

うららは弁解するようにまくしたてた。

「ただ、私も……訓練に耐えて、せっかくCAになったのに、いじめられたくらいで辞めるのはばかばかしいって、そう思ったから……。だから、香田さんのこと、許してあげます」

うららはいっぱいいっぱいになって言った。

「私は許さない――」

香田は椅子から立ち上がった。

「不完全なクルーはいらない。もし私の乗っているシップで君がミスをしたら、これまで以上に指導するつもりだ。完全なCAに育てるためにな」

香田は不敵な笑みを浮かべてうららを見つめた。

「負けんな、深浦――」

元は愉快そうに笑って励ます。

「は、はい……望むところです。いつか絶対に、私のこと誉めさせてみせます！」

うららは最後まで強気に言うと、部屋を出ていった。

「今の言葉、忘れないぞ」

香田は言った。うららは部屋から出ると、すっきりした顔で微笑んでいた。言い方はぶっきらぼうだけれど、香田は彼なりのやり方でクルーの力を信じているのだと理解していた。

香田とうららはフライトに復帰した。

「いいの、深浦？　香田さん、謝ったわけじゃないんでしょ？」

フランクフルト行き209便のギャレーで、先輩CAが言った。

「いいんです。新海さんが私のこと見ててくれたから」

うららはにっこりと意味深に微笑んだ。

「なぁに、大きな声で。ブリーフィング始まるわよ」

のり子が笑顔で声をかけた。香田機長とコーパイの安住を中心にブリーフィングが始まった。

「機長の香田です。本日はジェット気流の蛇行のため、東経160度付近で揺れが予想されます。機内サービスはそれまでにすませるように」

「はい」

うららは元気よく返事をした。

「では、本日もパーフェクトなフライトをめざそう」

香田が言って、それぞれが持ち場についた。のり子は微笑を浮かべながら、うららの働きぶりを見つめていた。


成田マネージメントセンターのカフェでは、スタンバイのジェーンが太田と話していた。

「丸くおさまって、ホッといたしました」

「あらー？　香田くんは天敵じゃなかったの、太田ちゃん？」

「め、滅相もございません……」

「ま、しかし、ババ抜きはジョーカーがないとできんからな」

「内藤さんはさしずめハートのキングでございますね」

「いいこと言うねえ。太田ちゃんはクローバーの8《エイト》でどうだい？」

「意味不明ではございますが、ありがたく頂戴いたします」

「ハートのエースは、あいつには渡さんぞ！」

内藤ジェーンはにやにやした。


元は昼休み、ハンガーにいる歩実をたずねた。昨日、バーでいきなり席を立って帰ってしまったことをきちんと謝りたかったのだ。

ふたりはつばさ公園を歩いた。

「よかったじゃない――」

歩実は一連の話を聞いて言った。

「で、何言ったの、彼女に。ま、関係ないけどね、あたしには」

歩実は元のほうを見ようとしない。

「なんかトゲない？」

元は言いながら、ポケットに持っていたバナナの皮をむいた。

「別に。あたし、CAさんと違って、空のクルーじゃありませんから」

「ああ。やきもちか」

元のコメントに歩実はいきり立った。

「はあ？　なんであたしがあんたにやきもち焼くわけ？　いい気になんないでよね」

「――ンだよ。お前だって、香田さんと、わけありって感じだったじゃん。あ、もしかして、ファザコン？　サイボーグマニア？」

元はバナナをくわえた。

「くっだらない！」

「くだらないのはそっちだろ」

「時間の無駄だった。仕事、戻ります。サヨナラ」

歩実は怒って足早に行こうとする。

「あのさ」

元は呼び止めた。

「お前、鈍いから、この際、はっきり言っとくけど――」

「――何よ？」

「お前、ムカつくんだよ。お前と、香田さんが楽しげにしゃべってるの見て、すげえ……ヤだった。……ぶっちゃけ、すげえヤだった――」

元はつい本音をぶちまけてしまった。歩実は立ち止まって元の言葉の意味を考えた。これって告白なんだろうか。歩実は驚いた。でも、もっと驚いたのは自分の気持ちだった。

「……あたしも、ムカついた。あんたが、あの女追っかけてったの、ヤな気分だった。……すんごい、腹立った――」

歩実は困ったような顔で、立ちつくした。

「——何か言ってよ」

歩実が先に、じれたように沈黙を破った。ふたりは見つめ合ったまま、ベンチの前に立ちつくしている。元は思いがけない展開に、うれしいような戸惑いを覚えていた。

「……じゃあ、あの、今夜、メシ、行か……ねえか？」

元はとりあえず誘ってみた。

「また？　もう何回も行ってるじゃない」

歩実はムスッとした顔で、照れくさそうに答えた。

「それはそうだけど……」

元も照れながら、ムスッとした表情を浮かべている。

「……違うとこならいいよ」

歩実がボソリとつぶやいた。

#06

GOOD LUCK!!

「違うとこって？　えっ……」

元は勝手に想像をふくらませ、歩実の顔を見つめた。

「だから！　お好み焼きとか回転寿司とかじゃなくて……」

「ああ、オシャレな店とか行きたいんだ？」

元は歩実の言いたいことを推察して茶化した。女の子なんだな、と愉快な気持ちになった。

「……べつに、そういう――」

歩実は言いよどんでいる。どうやら図星のようだった。

「要するに、デートらしいデート！　したいわけでしょ？」

元は歩実の顔をのぞきこんだ。

「別に……今までだって、あんたとデートなんてしてないし――」

「いいよ。俺も行きたいし。店、考えとく。今日、何時だったらいい？」

元はすっかりその気になった。

「今日はダメ」

「は？　なんだよ。誘わせといて」

元ががっかりしていると、歩実は言った。

「……夜勤なの、今日と明日。上がるの、朝だから」

「それを早く言えよ」

「言おうとしたら、そっちがごちゃごちゃ言ってきたんじゃない」

「ごちゃごちゃなんて……」

元は言いかけてから、ふと思いついて笑顔を浮かべた。

「俺、明日、北京なんだ」

「ふうん」

「キャプテン、香田さんで、戻りは日曜の夜なんだけど……あいてる?」

元の誘いに歩実は瞳を輝かせた。それでも照れくささは残る。

「……一応」

「じゃ、店おさえとくよ。デートって感じの店!」

元はすっかり張り切っている。

「やらしい」

「お前がそういう店って言ったんじゃねえか」

「言い方がやらしいって言ったの」

歩実はハンガーに戻ろうと踵を返した。

「待ってるから。日曜——」

元は後ろ姿に声をかけて、微笑んだ。

「ばっくれんなよ」

「さあね」

歩実は走っていってしまった。

「あんのやろ……」

元は言いながら、歩実の後ろ姿をうれしそうに見つめていた。歩いていく歩実の顔にもふっと花が咲いたような笑顔がこぼれていた。


夜勤あけの朝、歩実が帰ろうとしていると、入れ違いに香田がマネージメントセンターに出勤してきた。歩実はうれしそうに声をかけた。

「おはようございます」

「おはよう。夜勤か？」

香田の表情が歩実を見てやわらいだ。

「お疲れさま」

香田はやさしく言って、歩き出した。

「あの、この間はすみませんでした」

歩実は香田を引き留めた。

「あたし、自分のこと、ぺらぺらしゃべっちゃって――」

その時、後ろからのり子が香田を呼ぶのが聞こえた。

「おはようございます」

のり子は香田のもとにやってきて、からかうように微笑した。歩実は慌てて出ていってしまう。

「今日はフライトか？」

「ええ。香港便」

「そうか……。君も日曜戻りか？」

「ええ」

「戻ったら待っていてくれないか」

のり子は驚いた。

「食事でもしよう」

「いいけど……どうしたの？」

「君に話しておきたいことがある。到着したら、連絡するから」

香田は一方的に言って、建物に入っていった。のり子は背中を見送る。


元は早々とディスパッチルームに現れた。

「おはようございます。955便北京行きの新海です」

元はディスパッチャーからフライトプランを受け取った。

「天候は……順調ですね」

元は上機嫌でプランを確かめている。

「折り返し便の、日曜の天候はどうですかね」

元はさりげなくたずねた。

「少々お待ちください」

ディスパッチャーはパソコンに戻って、確認している。元はニヤニヤしながらもう一度フライトプランを真剣に確認した。その横で元をじーっと見ている男がいる。

「あ、ジェーンさん、おはようございます」

元はさわやかに一礼した。

「何、張り切ってんだよ？　妙に気合入ってるじゃないの。なんかあんのか？　日曜？」

ジェーンは元をつついてからかった。

「女？」

「……いいえ。なんもありませんよ」

元はごまかしたが、顔がにやけてしまう。日曜の天気図をディスパッチャーから受け取って、うれしそうに歩き出した。

「誰だよ？　ＣＡか？　うらら、恭子、あ!!　まさかあの整備の女の子じゃねーだろーな」

ジェーンはしつこくからんでくる。

「……違いますよ」

元はごまかした。ジェーンは勝手に騒いでいる。

「……やっぱり整備のあの子か」

「そんなことないですって」

元がジェーンの詮索攻撃をかわしていると、香田がやってきた。

「おはようございます。フライトプラン、チェック済みです」

元は告げた。

「折り返し便に備えて、日曜の予想データも揃えよう」

「あ、それなら、もうもらいました」

「……めずらしく気がきくな。いいだろう」

香田は訝《いぶか》りながら、気象データをチェックしている。季節柄、天候は微妙に荒れそうだった。

「ミョーだな……どっちも……」

ジェーンがつぶやいた。

その日、元は北京行きANA955便のコックピットで、うきうきと張り切りながら、フライトを終えた。


目を覚ますと北京のホテルだった。

「やべ……。香田さんより後だったら何言われるか……」

元は慌てて制服に着替え、フライトバッグを持ってロビーに駆け下りた。キョロキョロと辺りを見渡したが、香田はまだいない。

「セーフ」

元がほっとしながら待っていると、中年の女性の怒鳴り声が聞こえてきた。ホテルのコンシェルジェと何やらもめている。

「だから、一番早い便を、とっとと取れって言ってんの」

女は日本語でコンシェルジェにまくしたてているが、相手は北京語しかわからないらしい。

「困るのよ。私は一刻も早く東京に戻らなきゃいけないの。どんなことがあっても今日じゅうに日本に帰国しなきゃならないの。わかる⁉」

コンシェルジェは困惑している。女は写真を取り出した。

「この子、私の患者なの。わかる？　この子はね、今、東京で私のオペを待ってるの。すごく危険な状態なの。成田行きのチケットが取れなくて、この子に何かあったら、あなたのせいよ。わかる⁉　いいから、飛行機会社のチケットカウンターの電話番号教えなさい」

女は激しくカウンターを叩いた。その拍子に写真がヒラリと床に落ちた。元が駆け寄って拾った。パジャマ姿の女の子の可愛い笑顔が写っている。

「あの、失礼ですが、成田にお急ぎですか？」

「はい？」

「全日空の者です。うちのチケットカウンターの電話番号、お教えしましょうか」

元が申し出ると、女は電話を差し出した。

「あんたが、かけてよ」

「はい？」

「当然でしょ。あんたんとこ乗るんだから」

「はい……」

元は言われるままに電話をかけた。

「あんたが操縦すんの？」

コールの合間に女が、制服姿の元をじろじろ見ながらたずねた。大きな瞳にショートカット。品のいいスーツを着こなしているが、気《き》っ風《ぷ》がよく迫力がある。元は気圧《けお》されてうなずいた。

「あの、全日空のカウンターですか？　成田行きのチケットを……1枚？」

女はうなずいた。

「1枚。あ、取れますか。えー、お名前と連絡先は？」

「牛島ミサ、39歳と言いたいところだけど、42歳よ——」

「ウシジマ……何でしたっけ」

「ウシジマミサ。……そんなんで成田まで大丈夫かしら？」

「絶対大丈夫です。……俺を信用してください」

元はムッとして答えた。


ANA906便は成田に向けて出発した。キャビンでは太田が機内アナウンスをしている。

「お客様にお知らせいたします。当機は北京空港を定刻通りに離陸いたしまして、成田空港に向けて順調に飛行を続けております……」

牛島ミサは夕飯のミールにも手をつけず、医学書を開いてオペのプランを考えていた。

コックピットでは、元と香田が操縦桿を握っている。

「あ……！」

元が前方の雲に目を凝らした。彼方の空の一角が点滅するように光っている。

「稲妻でしょうか」

「この季節は天候が変わりやすい。遠いが油断するな」

香田が冷静に告げた。元は微かに不穏な予感がした。


「冷えるなー、今日は」

ハンガーで阿部がふるえている。

「ハンガーの暖房の効き、もっとあったかくなんないのかねえ」

「しょうがないでしょ。こんなに広いんですから」

歩実はいつになく上機嫌で言った。

「そっか。上がったら、鍋でもつつきに行くか。なあ、緒川？」

「すみません。今日、ちょっと」

歩実が答えていると、主任の脇坂が入ってきた。

「北側から濃い霧が張り出してきたぞ」

歩実たちは話をやめて、注目した。

「このぶんだと、到着便のダイヤに乱れが出るぞ。ＯＣＣの情報に注意してスタンバイしてくれ。今日は荒れるぞ」

「意外に早くきたな。全機、無事に降りられるといいけど」

阿部が言った。脇坂に急《せ》かされて、歩実たちは整備に散っていく。歩実は歩きながら、心配そうな顔で空を仰いでいた。


夕方の成田に全日空の到着便が次々に着陸した。香港のフライトを終えたのり子が上がってくると、帰り支度のＣＡたちがホールのほうからやってきた。

「先輩、ギリギリでしたね」

のり子は若いＣＡに声をかけられた。

「え？」

「後続機、霧で降りられないみたいですよ」

「そう……」

のり子はふと空を見上げた。香田の便は無事に戻ってこられるだろうか。

「成田周辺、羽田周辺ともに濃い霧に覆われているそうです」

元はカンパニーとの交信を終えて香田に告げた。

「やっかいだな」

「現在、20機ほど上空で待機中だそうです」

「……20機か。予想以上だな」

「どうしますか」

「前に20機もいたら、すぐには降りられない。しばらく旋回して様子をみよう」

「はい。キャビンに伝えます」

元はインターフォンを取った。太田がコックピットの情報を聞いて、キャビンでアナウンスを始めた。

「お客様にお伝えいたします。機長からの報告によりますと、成田空港周辺では天候の急変により、濃い霧が発生しております。このため、成田上空で旋回を続けながら、天候の回復を待つことになりました。お急ぎのところ恐れ入りますが、到着まで、もうしばらくお待ちくださいーー」

乗客たちの間にため息が広がった。が、まださほどの不平ではない。CAの美和子たちが詫びに回った。

「ちょっと。どれくらい遅れるの？」

牛島ミサがいらいらして、美和子を呼び止めた。

「3時間も4時間も遅れることはないわよね？」

「霧が晴れれば、すぐに着陸態勢に入れるかと思います」

「頼むから早くして。急いでるから、私」

「ご迷惑をおかけして申し訳ございません」

美和子は下がった。ミサはいらいらしながら腕時計を見て、窓の外に目をやった。

「生きてろよ……絶対に死ぬんじゃないぞ……」

ミサは暗雲を見ながらつぶやく。ANA906便は夜空を旋回していた。着陸しようにも、天候が悪化しており、滑走路が確認できないのだ。

「視程はどうだ？」

香田がたずねた。

「300メートルです。ほとんど見えません。今また、1機ゴーアラウンドしたそうです」

「そうか。もう一度カンパニーと連絡を取れ。関空への着陸を申請したい」

元はチラリと香田を見た。

「……関空ですか」

「なんだ？　成田、羽田がダメなら、関空へ降りるのが通常だろう」

「はい」

元はチラッと歩実との約束を思ったが、それよりもホテルで出会った女医のことが気になった。元ははやる気持ちを抑制して、関空にダイバートするためカンパニーに交信を始めた。

「キャプテン、関空も無理です――」

四国上空にあった雷雲が関空上空にも張り出してきたらしい。着陸はとても見込めない。

「仕方ない、北上しよう。現在、一番安全に降りられるのは、北海道だ。新千歳に向かう」

香田は判断を告げた。

「でも、あの……新千歳に降りたら、成田に戻るのは明日の朝の振り替え便になっちゃいますよね」

元がおずおずと切り出した。

「不満か」

「あの……乗客の中にドクターがいるんです。彼女、一刻も早く東京に戻って、手術をしなければ、患者の命が危ないって……」

「現在の天候では、成田には降りられない」

「あの……もうちょっと粘ることできませんか。霧は晴れる可能性もあります」

元は天気図を示した。

「キャプテンの決定だ」

香田に一蹴され、元は仕方なくインカムを切り替えた。

キャビンでは乗客たちが時計を見ながら苛立っている。

「おい、いつまでグルグル回ってんだよ」

「もう8時よ。予定より1時間も遅れてるじゃない」

牛島ミサは立ち上がって、太田をつかまえた。

「ちょっと。台風でも吹雪でもないんでしょ。霧くらいなんとかならないの。これ、ハイテク機でしょう。高性能のコンピューターのっけてんじゃないの?」

「申し訳ございません。安全に着陸するため、もうしばらくお待ちくださいませ」

「ああ、もう。……がんばれ……」

ミサはいらいらして、髪をかきむしった。その時、キャビンにアナウンスが入った。

『機長の香田より、お客様に申し上げます。当機、成田着陸に向けて上空待機しておりましたが、濃霧の晴れる見込みがないため、新千歳空港に向かいます。お急ぎのところご迷惑をおかけして申し訳ございません――』

乗客たちはざわめいた。牛島ミサはもはや文句を言っても無駄とばかり、ササッと携帯電話を出すと、電源を入れて、病院の番号をプッシュし始めた。

「お客様! 機内での携帯電話はご遠慮ください!」

美和子が見つけて駆け寄った。

「仕方ないでしょ。こっちは緊急なのよ」

「よろしければ、前方に航空機電話を備えておりますので」

「それ先に言いなさいよ」

ミサは怒ったように立ち上がって、航空機電話で容態の確認を取り始めた。

「みゆきちゃんの容態は? えっ……チアノーゼは? 改善しないの? 心雑音は? 血圧は? サチュレーションはどうなの? それならDOAでサポートして。緊急オペになると思う。いいわね。私が戻るまでに死なせたら、承知しないわよ」

ミサは電話を叩きつけるように切った。

「……ご迷惑をおかけしております」

太田が頭を下げた。

「謝ってもらっても、どうしようもないのよ」

ミサは途方に暮れていた。


成田空港のハンガーでは歩実が工具のチェックをしていた。歩実は時計を見た。もう9時を回っている。約束の時間を過ぎていたが、元の乗った便はまだ戻ってこない。

「緒川。北京便、千歳に回ったってよ」

阿部が言った。

「そうですか……。じゃあ、明日の機材の準備に入らないといけないですね」

歩実はがっかりした。初デートはお預けだ。

「お前、早番なんだから、もう上がれよ。後は遅番のスタッフでやっとくから」

阿部が言った。

「待ってたんだろ、北京便を……。新海さんの便だもんな」

「ち、違います……」

「隠さなくてもいいよ」

「べつに隠してなんかいません」

「わかるんだよ、俺には。……お前のこと、ずっと見てんだから――」

阿部の言葉に、歩実は驚いた。それは、歩実から見ても恋の告白っぽかった。

「とにかく帰れ。遅くなるから。な?」

阿部に言われ、歩実は帰り支度を始めた。


富樫のり子もまた、約束がフイになったひとりだった。のり子は仕事を終えると手持ちぶさたになり、バー・イーグルに入った。カウンター席に歩実がひとりでぽつんと座っている。

「どうしたの。ひとり?」

「あ、はい……。富樫さんも?」

のり子は隣に立った。

「フフ。突然、振られちゃってね」

のり子は笑った。

「ここ、座っていいかしら?」

「えっ?」

「あ、どうぞ。どうぞ――」

歩実は相手ができてうれしかった。

全日空906便は新千歳空港に向かっていた。

『到着の予定時間について知りたいとお客様が……』

コックピットにキャビンの美和子からインターフォンが入った。すると、何やらもめる声がして、牛島ミサがインターフォンに出た。

『ねえ、ちょっと！　お願いします！　成田に戻って！』

『お客様——』

『だって、まだ成田を旋回してる飛行機もいるんでしょう。どうして、早々と諦めるのよ』

コックピットからは答えることもできず、元と香田は黙って聞いている。

『お願い。グズグズしてたら、患者が死んじゃうの。千歳に降りて、明日の振り替え便なんて待ってたら、病院に着くのは昼前じゃない。とてもそれまではもたない状況なのよ』

『お客様、パイロットは操縦中です』

太田が割って入った。

『なんとか言いなさいよ。若いほうのパイロット！　あなたがチケットを取って、この飛行機に乗せてくれたんでしょう。だったら、最後まで責任とりなさいよ！』

ミサは叫んで、席に帰っていった。元は香田を見た。香田は先ほどからじっと前を向いたままだ。

「キャプテン……これから、もう一度、成田に戻ることはできませんか」

「馬鹿か。今、成田に戻っても、そのまま着陸できる見込みがないだろう」

「しかし……」

「感情に流されるな。たった一人のために、リスクをしょって飛ぶことはできない」

「一人じゃありません。乗客はみんな、できることなら成田に引き返したいんです」

元は訴えた。

「患者を抱えたドクターだけじゃなくて……親が危篤で家に戻ろうとしてる人もいるかもしれないし……仕事の期限を抱えている人も……恋人を待たせてる人もいると思います。乗客を目的地に送り届けるのが自分らの仕事なら、もう少し粘ってもいいんじゃないでしょうか」

元は答えた。

「この燃料でいつまでも成田上空を旋回して、万一、燃料切れになったらどうする？ 300人の命が奪われるんだぞ」

「まだ90分の燃料があります。せめて30分だけでも粘らせてください。それならリスクはないはずです」

「言いたいことはそれだけか」

香田の言葉に、元はムッとなった。

「自分は、乗客のために、全力を尽くすべきだと言ってるんです。確かに安全は第一です。それは絶対に動かせませんが、俺たちが乗せてるのは貨物じゃなくて人間なんです。一人一人事情もあれば、気持ちもあります。生意気かもしれませんが、自分は、ただ安全ならいいだろうって突き放すんじゃなくて、ギリギリのギリギリまで諦めたくありません」

「誰が諦めると言った？」

「は⁉」

「私は、諦めるとはひと言も言っていない」

「どういうことですか？」

「ＯＣＣに燃料10万を要請するんだ」

「燃料10万……？」

「この便は、いったん新千歳に着陸。燃料を積み込み、再度成田に向かう――」

香田は告げた。

「10万ポンドの燃料で上空待機できる時間は？」

「約４時間です」

元は即答した。

「さっき、関空が雷雲に覆われていると言ったな。霧は雷雲に吹き飛ばされて、必ず一度は雲の切れ間を見せる。関空の雷雲が成田に迫るのは、現在の気流から見ておよそ２、３時間後だ。新千歳で燃料を補給して成田に向かえば、ちょうどその切れ間を狙ってランディングできる」

「新海――」

元は天気図を見ながら、香田の狙いを理解した。やれるかもしれない。

香田は前を見たまま言った。

「いいか？　ぎりぎりまで粘るには、まず判断力が必要ということだ。──返事は？」

「はい……。あ、ラジャー」

元は自分の、考えの浅さを恥じた。口に出して言わないだけで、香田はキャプテンとして心の中であらゆる方法を想定して粘っていたのだ。


「初めてね。こうやって話すの。よく顔は合わせるのに──」

のり子は歩実のグラスに白ワインを注いだ。

「すみません。気がきかなくて……」

歩実は恐縮している。

「いいのよ。これも、特技ですからね」

のり子は微笑んだ。歩実はのり子のやわらかな雰囲気に安心して、少し打ち解けた。

「あの……ほんとなんですか？　突然振られたって……」

歩実は唐突にたずねた。

「ほんとよ。約束すっぽかされちゃった。連絡もなし」

のり子は笑ってワインを飲んだ。

「勇気ありますね。富樫さんをすっぽかすなんて」

「そうね。私がどれだけこわいか知らないのよ。お仕置きしなきゃね」

のり子と歩実は笑った。

「あら、もしかして、あなたも？」

「いえ、あの、あたしは……」

歩実はごまかした。

「フフ。相手も空関係でしょ？　ごめんごめん、答えなくていいのよ。なんだか私、詮索してるみたいね。ほら、空の仕事は、すれ違いが日常茶飯事だから――」

のり子は歩実を微笑ましそうに見つめた。相手は新海元だろうと想像していた。

「でも、考えたら、おかしな仕事よね。急にフライトが変わることもあるし、全て予定通りにいかないことはわかってるんだけど……。一度シップに乗ってしまえば、外とは連絡も取り合えないしね」

のり子は香田を思った。

「……ほんとですね」

歩実はつぶやいた。

「あなたは彼を信じて、待ってあげられる？」

のり子は試すように言った。


「着陸20分前。グラウンドでは燃料補給の用意が完了したそうです」

元は香田に言った。いよいよだ。

「ラジャー。乗客に説明しろ」

「お客様にご案内いたします。当機はいったん新千歳空港に着陸後、給油を行いまして、再び成田空港に向けて離陸いたします。お客様には長時間にわたってのご搭乗、まことにご不便をおかけいたしますが、なにとぞご了解くださいますようお願いいたします――」

キャビンからどよめきの声が上がった。先ほどとは打って変わった喜びの声だった。

906便はその後、新千歳空港に着陸した。給油が終わるまで、元はコックピットの窓から夜空を見つめていた。

「霧の切れ間は30分ですね」

「離陸まで、あと何分だ」

香田がたずねると、元は無線で給油の様子をたずねた。あと30分かかると応答があった。

「遅い。確実な雲の切れ間は30分しかないんだ。できるだけ早く離陸したい。急がせろ」

「はい」

元は笑顔で無線を取った。

のり子と歩実がバーを出ると、雨はほとんど上がっていた。

「やんだわね」

「はい」

ふたりはそれぞれの思いで空を見上げている。

「でも、電話はなかったわね。あなたをすっぽかした人から」

「……はい」

「あたしもないわ」

ふたりは笑った。

「許せませんね」

歩実が笑った。

「ま、でも、いいか。こうやって、あなたとご飯食べられたし」

のり子は歩実の笑顔を初めて見た。笑った顔は若々しくチャーミングだった。

「私ね、若いCAの子からは煙たがられるのよ」

のり子は苦笑した。

「完璧だから、富樫さん」

「私が？」

「はい。仕事できて、きれいで、やさしくて……。欠点ないです」

「さびしいなー。それって、羽目を外せなくなっちゃったってことよね」

「香田さんみたい」

歩実はふと思って言った。

「香田さんて、機長の？」

のり子はドキリとした。

「なんでだろ。なんか似てます。どっかすごく我慢してる感じとか」

「よして。私は、あそこまで非情な完全主義者じゃないわ」

のり子は笑って否定したが、歩実はその様子がかすかに心にひっかかった。もしかしたら、過去に何かあったのかもしれない。

「あなたは、新海くんと似てるわね」

のり子は言った。

「不器用で言いたいこと言って、あちこちぶつかって、でも憎めない」

「あんな……ぶっちゃけ男と一緒にしないでください」

歩実は言いながらドキドキしていた。

「あら、私、新海くん、好きよ。バカでいられる人なんて、そうそういないもの」

のり子はクスッと笑った。

「楽しかったわ。じゃ、またね」

のり子は手を振って行ってしまった。歩実は見送って、さびしそうに夜空を見上げた。


歩実が家に帰ると、香織が洗濯物を畳んでいるところだった。

「おかえり。早かったね。今日、遅くなるって言ってなかったっけ？」

「そお？」

歩実は言って、両親の写真に短く手を合わせた。

歩実は2階へ上がって、部屋のベッドにごろんと横になった。不安だった。この気持ちはなんなんだろう、と思った。今まで感じたことはなかったのに、飛行機に乗っている元のことが心配でたまらなかったのだ。

ＡＮＡ９０６便は離陸した。成田近くまで来ると、上空はガスに覆われていた。

「オールニッポン９０６。成田上空の現況はいかがですか」

元はカンパニーに応答を求めた。

『霧はまだ濃いです。西からの雷雲とのすき間はごくわずか。狙えるのは一瞬かと思います』

「了解しました。――ランディングを狙えるのは、ほんの一瞬だそうです」

元は香田を見た。元の心に緊張が走った。

「さっき言い忘れていたな――」

香田が前を向いたまま言った。

「ぎりぎりまで粘るには、キャプテンとコーパイのコンビネーションも必要だ。高度なランディングだが、息を合わせてやろう」

いつになく穏やかな言葉だった。

「はい！」

元は元気よく答えて、座席ベルトのサインを出した。元は目を凝らす。

「視程０メートル。さっきより悪化してますね。ここで降りられず、また新千歳に行くなんてことになったら……」

元は不安そうに言って、目視を続けた。

「落ち着け。必ず晴れ間は出る」

「はい」

ANA906便は機会をうかがいながら成田上空を旋回し続けた。コックピットには香田と元のお互いの心臓の音と呼吸の音だけが響いている。管制から連絡が入った。

『オールニッポン906、クリアード・フォー・アプローチ』

「クリアード・フォー・アプローチ。晴れ間です！　行きますか？」

元は言った。

「よし、今しかない。行くぞ」

「ラジャー」

香田はアプローチボタンを押した。機体が高度を下げていく。前方は真っ白で何も見えない。元はじっと目を凝らした。シミュレーションでは何度も経験があったが、実際この状況に置かれてみると、意外に冷静だった。香田は計器をチェックしている。元は必死に目を凝らして、アプローチライトを探した。眼下には真っ白な視界が広がっている。何も見えない。元は焦った。――と、その時、目の前をうごめくガスが一瞬薄くなって、きらりと一点、地上の星が瞬《またた》くのが見えた。

「見えた！　……アプローチライト・インサート」

元の顔が輝いた。

「ラジャー」

「アプローチング、ミニマム」

「チェックト」

「ミニマム」

「ランディング――」

着陸態勢に入った。成田の地平が目の前に少しずつ広がっていく。ひときわ鮮やかなサーチライトが滑走路に誘うように輝いている。コンピューターの音声が鳴り響く中、香田は真剣な表情でスラストレバーをしぼった。元は地上のサーチライトを凝視した。

エンジン音が高まって906便は滑走路に着陸した。

「成田からの地上交通については、地上係員がご案内しております」

CAたちは乗客を見送った。

「太田さん、ドクターは……」

元はインターフォンでたずねた。

『あ、今、こちらに――』

『お疲れさま。約束通りちゃんと成田まで届けてくれてありがとう』

牛島ミサの声だった。

「いいえ。大変長くお待たせしました。患者さんは……」

『後はまかせて。絶対救ってみせる。あなたたちに負けないわよ。じゃ、急ぐから――』

インターフォンは切れた。

「……だそうです。ありがとうございます」

元は香田に告げた。

「長いフライトだったな」

香田はねぎらうように言った。

「……さっきは生意気なこと言って、すみませんでした。俺は、トライしてダメだったら千歳でも仕方ないって思ってました。でも、香田さんは、一度も成田を諦めてなかった。俺なんかより全然……」

元は悔しかった。

「新海、今、何時だ」

「1時半です……」

「そうか」

香田は立ち上がって出ていった。元はひとりになって、さすがに疲れがこみあげてきた。

「──あ！」

元は歩実との約束を急に思い出した。

歩実は元のことが気になって、眠る気になれなかった。すると、携帯電話が鳴った。

「……もしもし」

『俺、新海。寝てた？　……よね』

「当たり前じゃない。一体何時だと思ってんの」

『悪い。千歳にダイバートになっちゃって』

「知ってるよ……今、ホテル？」

『今、佃。お前んちの近く』

「また、笑えない冗談言って」

『ほんとだって』

「もうっ。どうして、千歳に降りた人が、こんな時間に佃にいるのよ」

歩実は言いかけて、黙った。近くを走る救急車の音が、元の電話口からも聞こえてくる。

「……まじで近く？」

『すげえまじ』

「なんで？」

『だから、なんでこうなったのか話したいんだけど、これから出られない？』

「……だってもう遅いし」

『あ、いや、会いたい……んだけど。ちゃんとした店はもう開いてないけど、会いたいんだ』

元の言葉に歩実はうれしそうに微笑んだ。


のり子は歩実と別れてから、ひとり別のバーのカウンターで飲んでいた。すると、携帯電話が鳴った。

「もしもし」

『香田です。今日はすまなかった。誘っておきながら……』

「仕方ないわ。千歳にダイバートだったんでしょう。それにしても、もうちょっと早く連絡くれてもいいいんじゃない？」

『ああ、すまなかった』

「連絡くれないから、めずらしい人とデートしちゃったわよ」

『そう』

「誰か聞かないの？」

『ああ』

「で、なんだったの？　話って」

『うん……。またの機会にするよ』

「そう」

『……今、どこだ』

「とっくに家よ」

のり子はとっさに嘘をついた。

『今から飲まないか――』

「どうして千歳にいる人と飲めるのよ。からかわないで」

のり子は笑った。

『……そうだな』

「明日は早いんでしょ。お休みなさい」

のり子は携帯を切った。香田は何を話したかったのだろう。いつになく不安そうな声を感じ取って、のり子は気になっていた。


歩実が自転車で近所のファミレスに着くと、駐車場には本当に元のジープがあった。歩実は車のサイドミラーで髪を整え、店に入った。隅のテーブルには元が座っている。コートを着たままだ。おそらく下は制服だろう。

「ほんとだったんだ」

歩実は驚きつつ前の席に座ったが、元は反応しない。見ると、壁にもたれて寝こけていた。

「もしもし！」

歩実が呼びかけると、元はビクッとして目覚めた。

「びっくりした……」

「びっくりしたのは、こっちよ。どうしたの？　何があったの？」

「起きた、起きたよ。大丈夫……」

「ねえ、何があったのよ」

歩実はたずねた。元は疲れて眠たそうな顔をしている。

「うん。成田が霧でダイバートしたのね」

「うん」

「そいで……その中に医者がいて……」

「うん」

「……」

元は眠っていた。

「なによ、もう」

歩実はふくれっ面になった。

「……せっかく来たのに」

歩実はじっと元の寝顔を見ていた。


目を覚ますと、そこはファミレスのテーブルだった。元は革のコートの袖の上によだれを垂らしてうたた寝していた。

「お客さん、もう閉店なんですけど――」

モップを持った店員がやってきて言った。

「えっ、ああ、ごめん……」

元はよろけながら立ち上がった。客はひとりもいない。椅子が全てテーブルの上に伏せられている。

「あ、あの……俺、連れ、いたよね？」

元がたずねると、とっくに帰られましたよ、と店員が告げた。元は情けなく思いながら車に乗ると、ワイパーに紙ナプキンがはさまっているのに気づいた。

『仕事だから先に帰る。GOOD　LUCK!!』

歩実の文字だった。

「ひゃあ、やっちゃったよ……」

元は頭を掻きながら、明るくなりかけた空を見上げた。

#07

GOOD LUCK!!

「えっ、魚がない——!?」

成田行きＡＮＡ００５便の機長席でジェーンが叫んだ。元はその隣で操縦桿を握っている。

「すみません。今日はビーフかチキンのメニューになります」

太田が機内食のトレイをジェーンに差し出した。

「やだー。魚がいいー。お魚食べたい。ねえ、コンビニのお弁当でいいから魚持ってきて」

ジェーンは幼児のように膝を抱え、ダダをこねている。

「キャプテン、いつも『俺は肉しか食べない』とかおっしゃってるじゃないですか」

太田は呆れている。

「じゃ、後でお茶お持ちしますから——」

太田が出ていくと、ジェーンは速攻で大人モードに戻って機内食を食べ始めた。

「うまそうなステーキじゃないですか」

元はうらやましそうに見ている。機長が食事を摂る間、代わりに操縦桿を握っている。

「おまえ、忘れたのか、明日が何の日か」

ジェーンは顔をしかめている。元はふと考え込む。

「おいおい。身体検査だよ」

「ああ……。小学生みたいっすよね。何度も何度も、検査検査って」

「何のんきなこと言ってんだ。コレステロールや中性脂肪の数値が上がって、検診にひっかかったら、正常値に戻るまで飛べないんだぞ」

ジェーンは憂鬱そうな顔をしている。

「だからって、一日くらい肉やめたからって間に合いませんって」

「ったく……よう、うまいじゃないか、肉。どうしてくれるんだ。責任とれよ」

ジェーンは中年腹を叩いて嘆いている。

「……だから、肉だけ残せばいいじゃないですか。自己管理はパイロットの義務でしょ」

元は他人ごとのように笑っている。健康だけは子どもの頃から自信があるのだ。

パイロットには入社以来、半年に1回航空身体検査が義務づけられている。が、元はまったく問題なく毎回クリアしていた。


「あ、もしもし……俺、新海――」

元はフライトを終え、乗員コンコースを歩きながら、携帯電話をかけた。

『——なんか用?』

緒川歩実が不機嫌な声で出た。今日は非番のはずだった。

「あの……この前、寝ちゃってごめんな」

元は率直に詫びた。

『……いつのお話でしょうか?』

「怒ってんの?」

『全然、怒ってません。まったく、なんとも思ってません』

声がしっかり怒っている。元は頭を掻いた。

「あの……埋め合わせするからさ。これから、出てこない?」

『今日はダメ!』

「あ、そう……。じゃあ、明日は?」

『明日もダメ。明後日も』

「なんだよ。根にもってんの」

『あたし、今、試験勉強中なの。来週、機体システムのグレードIIの実技試験があるから』

「そうなんだ」

元はがっかりした。

『そっちこそ、もうすぐ定期の監査フライトがあるんじゃないの?』

「ああ……。明日は身体検査だし、なんか年中、試験に検査ばっかだよな」

元は愚痴った。

『仕方ないでしょ。そういう仕事なんだから。……じゃね！』

歩実は一方的に電話を切ってしまった。

「ったく……一緒に頑張ろうね……とか言えないのかよ」

元はひどくがっかりしながら乗員コンコースを歩いた。


「――この間は何だったの？」

のり子はマネージメントセンターの廊下で香田を見かけて呼び止めた。

「……うん？」

香田は何のことか忘れたようにのり子を見ている。

「うん？　じゃないわよ。何か話したいことがあるって言ってたじゃない」

「……すまなかった。また折を見て、ちゃんと話す」

「いつのことになるのかしらね。何か向き合おうとすると何かに邪魔されて……」

のり子は笑いながら皮肉を言った。

「監査フライトが終わったら、時間をつくる。きちんと話したいと思っている」

香田はのり子を見つめた。

「……わかった」

のり子はうなずいた。長いつきあいの中で、これ以上香田をせっついても何も出てこないことはわかっている。

「じゃ、監査フライトのスケジューリングがあるから失礼する」

香田は踵を返した。

「あまり厳しいと嫌われるわよ――」

のり子は笑いながら、香田の後ろ姿に声をかけた。


翌朝、元は成田マネージメントセンターの廊下を大慌てで走っていた。

「すみません。副操縦士の新海です」

元は検査室に駆け込んで、受付に書類を提出した。

「遅いじゃん、新海――」

検査着姿の安住が列に並んでいる。

「飲んだの、昨夜？　お前、度胸あるなぁ」

「や、時差で眠れなくて、ちょっとな……」

「知らないよー、肝機能に異常が出ても」

ジェーンが背後から元に抱きついて、からかった。

「大丈夫ですよ。こいつ、バカみたいに健康なんで」

安住は笑っている。

「そう見える奴に限って、体ぼろぼろだったりするんだよ」

ジェーンは脅かした。

「……ご心配なく。ジェーンさんみたいに合コンばっか行って飲みまくってませんから」

元は軽くあしらった。

「フン、若いからって、いい気になりやがって。いいか？　健康診断をクリアしても、次の監査フライトで落とされたら、訓練センター行きなんだからな」

ジェーンはすっかりすねている。

「でも、監査フライトで実際に落とされる奴なんているんすかね？」

安住がたずねた。

「そりゃ、いるさ。とくに香田みたいな厳しいチェッカーにあたったら、たまんねぇぞぉ」

ジェーンは怖そうに首を振った。

「お前、やばいかも」

「なんだよそれ……」

元が安住に蹴りを入れようとしていると、体格のいい、白髪まじりの男が入ってきた。

「おい、静かにしたまえ、診察中だぞ」

「はっ、山上キャプテン！」

ジェーンと安住は居住まいを正して男に会釈した。元もつられて会釈する。山上は元の髪の煙草の匂いをかいで顔をしかめた。

「君たち、節制がなっとらんね。酒はともかく、煙草は百害あって一利無しだ。やめたほうがいい。じゃ」

山上は小言を残してさわやかに去った。

「誰ですか？」

元は男の後ろ姿を目で追った。

「グレートキャプテンの山上達生さんだ。日本で1、2を争う飛行時間。総理の特別チャーター便といえば、あの人だよ」

ジェーンが解説を始めた。元はへぇと思いながら聞いていた。56歳だと言うが、もう少し若く見える。

「新海さん、どうぞ——」

元は名前を呼ばれ、医師の内診を受けた。

「はい。息を大きく吸って。……吐いて。はい。じゃ、次、口を大きく開けて。——ん？あれ、喉にポリープがあるなぁ。煙草の吸いすぎかなぁ」

中年の女医が元の喉を覗きながら首を傾げている。

「うーん……これはどうかなあ。念のため少し切り取って細胞検査にまわしましょう」

医師は慌ただしく、元の書類に記入した。

「詳しい検査結果が出るまで、乗務停止ね」

医師は保留の判を元の書類に押した。

「……うそ」

元は愕然とした。——まさか、乗務停止なんて。元はマンションの部屋に帰ってからも落ち込んでいた。検査の結果、ポリープが悪性だとわかったら？　いや、それよりも、健康を過信していた自分が悔やまれる。悪性かどうかも気になったが、それより、乗務停止になったことのほうが元にはショックだった。

入社して6年。まだ、長い訓練期間と2年間の地上勤務を経て、昨年の暮れに、晴れて副操縦士になれたのだ。まだ、2ヶ月足らずしか乗務していないのに——。

元は厳しかった訓練期間を思い出した。同期の仲間たちと一緒に眠らないで勉強した学科試験前のこと。それから、ベーカーズフィールドでの実機訓練。ドキドキしながら、初めてボナンザ機を操縦した。カリフォルニアの青空を間近に感じて、ものすごく感動した。一生、空を飛んでいたいと思った。

元は帰宅してからも落ち着かなかった。検査結果が気になって、その晩はよく眠れなかった。

2日後、元は医務室の廊下で、おとなしく座って検査結果を聞く順番を待っていた。ふいに、目の前に煙草が突き出された。制服姿のジェーンと安住がニカニカと笑っている。

「どう？　1本」

元は力なく笑った。緊張のあまり、冗談も返せない。

「——新海さん」

ナースが呼びに来た。元は緊張しながら医務室に入った。

「ふ〜む」

女医が険しい顔で検査結果のカルテを見ている。

「——これは、あれね。喉の炎症だ」

「え、じゃあ？」

元は顔を輝かせた。

「うん。ポリープじゃない」

「ほんとですか？」

「……でも、まあ、このままいけば、ポリープになる可能性もあるね。煙草、吸い過ぎなんじゃない？」

「……はい」

元は反省した。医師は笑いながら書類にサインする。

「はい。乗務を許可します。明日からのフライトはＯＫですから」

元は心からホッとしていた。

「うわー、よかったー！」

元は脱力した。こんなに落ち込んだのは生まれて初めてだった。

「あれ、乗務停止の身分で何しに来たんだ？」

翌日、元がディスパッチルームに入っていくと、ジェーンがからんできた。

「勘弁してくださいよ。再検査ＯＫだったんですから」

「なんだ。つまんねえな」

「つまんないって、なんすか、それ」

元が呆れていると、山上がやってきた。ジェーンはとたんに背筋を伸ばした。

「おはようございます！」

「おはよう、諸君」

「あ……今日、ご一緒させていただく、コーパイの新海です。グレートキャプテンの山上さんとご一緒できて光栄です」

元は深く一礼した。

「グレートは余計だろう。それより、検査の結果は？」

「無事クリアいたしました。こいつは、ぎりぎりでございましたが」

ジェーンが答えた。

「ぎりぎりじゃまずいな。鍛えなきゃ。私など、肉体年齢35歳だと言われたぞ」

山上は胸を張った。

「それはすばらしい。なあ、新海」

「……はい」

元は全く立つ瀬がなかった。

「それより今日は監査フライトです。しっかりやろう」

山上は笑った。

「こちらこそよろしくお願いします」

元は恐縮した。

「せっかく身体検査で合格したんだ。監査フライトでライセンス剝奪にならんよう、気をつけないとな」

「はい」

「しかし、今日は厳しいぞ。担当は香田君だ」

山上が笑うと、ジェーンがニヤニヤしながら元を見た。元は頭が痛かった。毎日のように気が抜けず、パイロットの仕事の厳しさを思い知らされる。一難去ってまた一難だった。

ANA915便のコックピットで、元はひとりで操縦桿を握ってニヤニヤしていた。すると、整備から無線が入った。

『コックピット、聞こえますか？』

「はい、新海です――」

歩実だった。

『整備の緒川です。インターフォンの調子はいかがですか？』

「お前、新海って言ってんのに、もっと別の言い方ないのかよ」

元はわざとからんだ。

『今日は、いよいよ監査フライトだそうですね』

「……そうだよ。聞いてよ、しかも、運悪く香田さんの担当だよ」

思わず愚痴ってしまった。

『せっかく乗務停止が解けたのにね。日頃の行いが悪いんじゃないの？』

「乗務停止って……何で知ってんだよ」

『ばっかじゃない。会社中で有名よ。この際だからビシビシ、チェックしてもらったら？』

「うるせえな……」

『あ、自信ないんだ？』

「……そっちは？　今日、整備の試験だろ」

『わかんない。感じ、五分五分』

歩実は自信なさそうな声を出した。

「何だよ。そっちだって自信ないんじゃん。じゃ、どうする。どっちも受かったら、お祝いとかすっか」

『無理でしょ』

「なんで？」

『そっち、落とされるもん。香田さんに』

無線はそこでブチッと切れた。元が頭に来て再度無線で歩実を呼ぼうとしていると、山上と香田がコックピットに入ってきた。

「お疲れさまです」

元は慌てて姿勢を正した。香田がジロリと厳しい目で元をにらんだ。


「915便バンコク行きのブリーフィングを始めます」

元がキャビン前方にクルーを集めた。山上、元、のり子、太田、CAたちが集まっている。香田はブリーフィングの輪から離れて立ってチェックの目を光らせている。

「機長の山上です」

「副操縦士の新海です」

「本日は、監査室から香田キャプテンが同乗されます」

山上が告げると、香田が軽く一礼した。

「パイロットの私と新海くんが厳しーいチェックを受けるわけですが、ま、皆も知っての通り、香田キャプテンはキャビンにも目端がきく方ですので、キャビンもチェックを受けるつもりで、ナイスフライトをめざしてください」

山上は冗談交じりにブリーフィングをしめくくった。

「キャビンは完璧でございます」

太田は香田を挑むように見た。

「頼もしいな。よろしく」

山上は笑った。さすがグレートキャプテンだけあるな、と元は感心した。短い挨拶のうちにも的確な指示を出し、クルーの雰囲気も心地よく引き締まった。ピリピリさせるだけの香田とはひと味違った緊張感だった。元はコックピットに戻りながら、気を引き締めていこうと思った。


ＡＮＡ９１５便は安定飛行に入った。真っ青な空が広がっている。

「今日もオールノーマルだな」

山上が元に言った。

「なかなか余裕があるじゃないか。ユー・ハブ」

「アイ・ハブ。ありがとうございます」

元はグレートキャプテン直々のお誉めに恐縮している。が、元はレーダーに映った不穏なかたまりを見過ごしていた。

「離陸の際のスピードのコールアウトも的確だ。コンピューターの操作も危なっかしいところがない。なあ、香田くん」

山上が笑いながら香田のほうを振り返った。

「監査フライトの結果は、目的地に着陸した時点で伝えます」

香田は雑談に乗らず、クールに答えた。

「心配するな。この男も今では、こんな顔をして座っているが、君のような新米時代もあったんだ」

山上は苦笑した。

「キャプテン、香田さんの若い頃をご存じなんですか」

「ん……。彼がグランドシェア航空から移ってきたとき、私が研修の教官をやったんだよ」

山上は意味深な目でチラリと香田を見た。元はその様子がひっかかった。

「どうした?」

香田がにらんだ。元は、いえ……と計器に目を落とす。

「あれっ……」

元はレーダーの異変に気づいた。

「なんだ?」

「積乱雲につっこみそうです」

「そうか。よし」

山上は全く動じない。

「あ、ベルトサイン、入れてください」

「ラジャー」

山上はサインを点灯させた。元がスピードノブを調整しようとした瞬間だ。ドンっとコックピットに衝撃が走った。コックピットの3人はシートから一瞬浮き上がる。

「わっ」

次の瞬間、すさまじい勢いで機体はブルブルと揺れ出した。計器の針は振り切れ、コンピューターが警告音を鳴らしている。元は慌てて外に目を走らせると、真っ白な積乱雲の中に機体が突入したところだった。

「キャプテン、スピードが減っています」

元は叫んだ。

「慌てることはない。姿勢を保てばいいんだ」

「ラジャー」

元はパワーレバーを操作しようとした。が、その前に山上が引き取って操作してしまった。山上はテキパキと機長自らキャビンに指示を出していく。

「業務連絡、客室乗務員は決して席から立ち上がらないこと」

山上はどんどん自分だけの手で処置していった。元は手の施しようがなく、ただ見ているしかない。

ANA915便は積乱雲にもまれ、激しく揺れた。キャビンでは乗客たちが騒ぎ始める。

「ただ今、気流の悪いところを通過中です。どなた様も座席ベルトをしっかりお締めくださ い」

キャビンではのり子がシートに座ったまま、機内アナウンスを始めた。

「座席ベルトをお確かめください！」

「お客様。多少揺れますが、ご安心ください」

ＣＡたちが笑みを絶やさず声をかける。その時、激しい揺れが起こった。うららたちは声をあげそうになる。

コックピットでは計器類がミシミシと音を立てて揺れていた。

「オーパイを外すぞ」

山上はパワーレバーを握った。

「はい？」

元は戸惑った。山上はツーマンコンセプトを無視して、操縦桿を切り替えた。

「右旋回します」

山上は戸惑う元の隣で、華麗な判断力を見せ、気流を抜け出した。元はもはやなす術がなく、ただ山上のすることを見ているしかない。

「ライトサイド、クリア」

元はレーダーを見ながら雲をチェックしたが、山上はまるで聞いていない。香田が後ろから冷静にその様子を見ている。

やがて、機体がストンと落ちたように震動音は消え、嘘のように揺れがおさまった。

「抜けたよ、新海くん」

山上が得意げに声をあげた。

「積乱雲につかまるとやっかいだ。常にレーダー上の積乱雲には気をつけないとね。ユー・

ハブ」

「はい。アイ・ハブ。すみませんでした」

「よくあることだよ。どんまい、どんまい」

元はチラリと香田を見た。香田は冷ややかな目で見ている。

「あ、キャビンに説明したほうがいいでしょうか？」

元が言い終わらないうちに、山上は自らインターフォンを取っていた。

「えー、お客様にご説明いたします。ただ今の機体の揺れは積乱雲によるものでございます。たった今、機体は雲から脱しました。飛行には全く影響はございませんので、ご安心ください」

山上が機内アナウンスを始めた。元はまったく出る幕がなかった。——これじゃあ、落とされるよな。元は絶望的な気分で窓の外の雲をうらめしそうに見た。


その頃、歩実は技能検査のため、グランドシミュレーターの前にいた。試験官が説明を始める。

「ただ今より、ボーイング747-400型機の技能審査を行います。トラブルをシミュレーションしますので、その対応および、その原因を答えてもらいます。いいですね？」

「よろしくお願いします」

歩実は一礼した。

「では、準備について」

歩実は同期の島村と一緒に、それぞれシミュレーターに入った。グランドシミュレーターとは、実機をそのままに再現したものだ。そこで人工的にトラブル状態を起こし、整備士に処理方法を考えさせる。歩実は真剣な顔で機体トラブルの状態を感じ取り、チェックシートに考えられる原因を記入していった。緊張で汗が浮かんでくる。

「はい、いいでしょう」

試験官が告げて、終わりになった。歩実はシミュレーターを出た。

「では、合否の連絡は、所属長のほうからお伝えします」

歩実はホッとして、島村と顔を見合わせた。

「シップOKです」

元は離陸作業を終えると、山上に告げた。

「はい、お疲れさん」

山上は言った。元はしょげている。

「本日の監査飛行の結果をお伝えします」

香田が後部座席でチェック表を見ながら告げた。

「まず、新海副操縦士——」

元は覚悟した。

「機長に対しての援助業務にたびたび不注意が見られた。次回からは注意するように」

「は……い」

元はそれだけなのかと意外だった。

「そして、山上キャプテン。私は、あなたがもはや機長としての適性を失われているように判断しました。正式な処置については、審査会議の後になりますが、処分の判断が出る前にご自身で進退をお考えになられるのも、グレートキャプテンの仕事では？」

「……私にパイロットを辞めろというのかね？」

山上は屈辱のあまり唇を震わせている。

香田は静かにうなずいた。

「あなたは、ツーマンコンセプトを忘れておられました。よって、もはや機長としても、パイロットとしても、完全ではないと考えます」

「ちょっと待ってください。どういうことですか？　山上キャプテンの操縦は完璧だったじゃないですか。積乱雲の読みが甘かったのは自分のほうです」

元が思わず立ち上がると、香田はジロリと一瞥《いちべつ》した。

「飛行機は一人で操縦するものではない。キャプテンとコーパイが常に機能し合って、シップを動かさなければ緊急の事態に対応できない。ところが、今日のフライトでは、山上機長はコーパイの君に指示しなければならない場面も、全て自分の独断で操縦をやってしまわれた。これはすなわち、キャプテンとしての指揮統率力を失ったということだ」

「ずいぶん偉くなったもんだな——」

山上が吐き捨てるようにつぶやいた。

「いくら監査官という肩書であっても、そこまで言うのは傲慢にすぎるんじゃないか」

「私は冷静に判断した結果をお伝えしました」

「なぜ……そこまで変わったんだ……？」

山上は香田を見つめている。

「……まだ12年前のことから自由になれんのか？」

「過去は関係ありません。私は私の仕事をしただけです」

「君の判断はわかった。進退については、自分で決める」

山上はコックピットから出ていった。元は香田をにらんだ。裁定も気に入らないが、先輩に対する畏敬の念が欠けている。が、香田はつらそうな表情を浮かべて、うつむいていた。

元はコックピットを出た。

キャビンに残っていたのり子は、次々と出てくるパイロットたちの様子に不安を感じる。


元は気にかかっていた。

『……まだ12年前のことから自由になれんのか？』

山上は言っていた。12年前のことって何だろう。香田が会社を移ったことにも関係があるのだろうか。元は香田に直接確かめてみようと思った。

「考え直していただけませんか」

元は単刀直入に切り出した。

「何をだ」

「今日の監査の結果です。山上キャプテンが全て自らやってしまわれたのは、自分が頼りなかったからです」

「ひとりで全てを背負うことは、飛行機の操縦において、もっとも危険なことだ」

「だからって、進退をつきつけるのはいきすぎです」

元は食い下がった。

「だって、山上さんの操縦自体にミスはなかったんです。むしろ、口をはさめないくらい完全でした。さすが、グレートキャプテンっていうか、……肉体だって節制に節制を重ねて、あの年で30代の肉体と健康を維持してて、俺なんか煙草の吸いすぎでノド痛めちゃって……乗務停止になったくらいなのに。それだけでも並大抵のことじゃないと思います。そこまで最高のパイロットを――」

「――監査には監査の見方がある」

「……いや、でも……」

「君が何を言おうと判断を変える気はない。また、変わるものであってはならない」

「でも、あの人は香田さんの教官だったんですよね」

元はなおも食い下がった。

「自分らの業界では師匠みたいなものじゃないですか。それをあんな言い方して切るなんて……せめて説明くらい……」

「監査に個人的な感情は必要ない」

「香田さんはそれで納得してるんですか⁉」

元は挑むように言った。

「じゃ、さっきの表情は何ですか？　俺、あんな顔した香田さん、初めて見たんですけど。っていうか、山上さんが言っていた12年前のことってなんなんですか？　せめて、それを聞かせてください」

「君には関係がないことだ」

「一緒に飛ぶ人間として知りたいんです」

「――黙れ！」

香田が怒鳴った。

「軽々しく他人のことに口をはさむな」

「軽々しく……？」

「お前は、何でもぶつかっていけば解決すると思っている。なんとかなると思っている。しかし、世の中はそう甘いものではない。わかったような口を聞くな――今すぐ、ここから出ていけ‼」

元は初めて見た香田の激情に圧倒された。のり子はふたりのやりとりを心配そうな顔で聞いていた。

元はバンコクのホテルにチェックインした。ふと気になってフロントで山上のことをたずねると、すでにチェックインしているとのことだった。ラウンジを見ると、山上が座っていた。ひとりでビールを飲んでいる。すると、のり子がやってきて、山上の前に座った。ふたりは真剣な顔で何か話し始めた。

元は邪魔してはいけないような気がして部屋に戻った。


「試験どうだった？」

香織が歩実にたずねた。

「なんとか」

歩実は答えた。

ふたりは佃の橋の上を散歩している。

「受かったら、給料も上がるんでしょ」

「変わらないよ。でも、今よりもっとおもしろい仕事ができるんだ」

「いいねえ。やったねえ」

「ま、国家資格を取るまでは大きな顔はできないけどね」

「まだ上があるの？」

「航空会社は試験試験なの。パイロットなんてもっと厳しいけどね」

「新海さんも試験受けてるわけか」

「なにそれ」

歩実が言うと、香織はクスッと笑った。

「なんか試験とか、失敗しそうなタイプだなと思って」

「言えてる。答案用紙に名前書き忘れるタイプだよね」

歩実もつられて笑った。

「話したの、新海さんに？　……お父さんとお母さんの事故のこと」

香織はふいに気になってたずねた。

「別に……。あいつに言う必要ないし」

「そうなの？」

「……ううん。ホントは言えなくて……なんか……」

歩実は弱気になった。

「ちょっとわかるけど。新海さん、パイロットだもんね」

「……知ったら、これまでみたいに、くだらないこと言い合えないような気がして」

「そうかな」

香織は励ますように歩実に笑いかけた。

「新海さんて、変に同情したりしないで、ちゃんと歩実のこと、わかってくれると思うな」

「……うん」

「言っちゃえば？」

「お姉ちゃん……」

歩実は戸惑いながら、なるべく早く言おうと、静かに決意を固めていた。

「成田行き916便のブリーフィングを始めます」

元がキャビンで告げた。香田は離れたところに立っている。

「おはようございます。本日の天候は良好です。行きの便にもましてナイスフライトをめざしましょう」

山上が言った。のり子は静かに山上を見つめている。

「それから……私事ですが、私、山上はこの便をもちまして、機長を退くことになりました」

元は驚いたが、山上は意外にもさっぱりとした表情をしていた。

「昭和49年、初めてYS－11に乗って以来28年間、ただひたすらにパイロット人生を歩んでまいりましたが、そろそろ潮時と考えました。諸君とともにラストを飾れることをうれしく思います。どうぞ、お手やわらかに」

最後は冗談めかして言った。機内はしんと静まり返った。元が香田を見ると、香田は深く考えこんで前を見つめている。元は何があったのだろうと思いながらコックピットに向かった。

「いやー、ほんとにいい天気だ。ついてるなぁ、俺は」

山上が言った。

「すみません」

元は詫びた。

「今日のフライト、もし自分がコーパイでなかったら……」

「新海くん、私は香田くんを恨んどらんよ」

元は驚いて、山上を見た。

「年をとると、つい頑固になって人に任せられなくなる。自分でやったほうが速いと思ってしまう。しかし、それでは飛行機の安全を保てない。確かに私は機長として失格だ。それにハイテク機ってやつはどうも苦手だ。昨日のフライトも、君を信じず、機械を信じず、自分の腕だけを頼りに切り抜けた。もしあの時、他のトラブルが起こっていたら、致命的な事故を誘発していたかもしれない」

元は黙ったまま話を聞いていた。

「一度空を飛ぶ感覚を味わうと、なかなか自分からは辞められない。しかも、グレートキャプテンなんて言われるようになると、監査でさえ、何も言えなくなる……。そんな私に、香田くんは辞める勇気をくれた。惨めな引き際になるのを止めてくれた。香田くんしか、できない仕事だったんだ……」

「……香田さんにしか？　どういう意味でしょうか？」

元がたずねると、山上は遠い目をした。

「実はな、彼は12年前に起きた、ある航空機事故に関わっているんだ。当時、香田くんは外資のグランドシェア航空のパイロットだった。ある日、彼は体調不良で風邪をこじらせ、操縦予定だった飛行機を降りた。信頼していた先輩が、彼の代わりにスタンバイとして飛んだ。その飛行機がアリゾナの山中に墜落した――」

「あ、それ、覚えてます……。確か日本人の乗客も……」

山上はかなしそうにうなずいた。

「原因はシステムの誤作動とも言われている。今では、起こりようもない事故なんだがね……。が、香田くんは、もし自分が飛んでいたら、運命を変えられたかもしれないと自分を責め、一度はコックピットを降りた……」

香田が？　元は信じられない思いで聞いていた。

「そんな彼を全日空に誘ったのが、私なんだ。当時、私の下で働いていたCAが、香田くんと交際をしていてな……。その縁で何度か彼に会ったことがあったんだ……」

元は富樫のり子のことだと察した。

「香田くんは、当時から優秀だったが、実に気持ちのいい男でもあった。空を飛ぶのが心から好きで、曲がったことが嫌いで、すぐに人にぶつかっていって……。しかし、あの事故以来、彼は人が変わってしまった。交際していたCAとも別れ……監査室に行ってからは憎まれ役を買って出るかのように、他人にも自分にも厳しいパイロットになった。私は……彼を救うことはできなかった。それだけが心残りだよ……」

元はサイボーグのような香田の言葉を思い出していた。

『パイロットは完全でなければならない』

『もし、フライト時に風邪をひくようなことがあれば、パイロットを引退する』

初めて知った香田の裏側に、元は心を揺さぶられていた。何も知らなかったのは自分のほうだった。


「試験官の澤地さんから、連絡があった」

ハンガーに主任の脇坂がやってきた。歩実が緊張の面持ちで立っていると、阿部がニッと満面の笑顔を見せた。

「えっ、じゃあ！」

島村が叫んだ。

「正式発表は3月だが、二人とも上出来だったそうだ」

脇坂が笑った。歩実はうれしかった。試験勉強で大変だったが、その甲斐があった。歩実は喜びを噛みしめた。

と、そこへ社内放送のアナウンスが聞こえてきた。

『社員の皆様にお知らせします――』

歩実たちは何だろうと耳をすませた。

『到着したANA916便をもちまして、山上達生機長がラストフライトを迎えられました。通算飛行時間は2万時間、地球250周分にあたります。お手すきの方はディスパッチルームにお集まりください」

歩実は阿部や島村とともに、マネージメントセンターに駆けつけた。

山上と元がフライトバッグを引いて帰ってきた。乗員コンコースの両脇に人垣ができている。ジェーンや安住らパイロットたちの顔も見える。

「お疲れさまでした！」

「なんだ。大事《おおごと》になっとるなぁ」

山上は驚いている。

「グレートキャプテンのご引退ですから」

元は後ろを歩きながら言った。人垣の中に歩実の姿もある。元は近づくと顔を寄せ、「試験は？」「香田さんは？」と矢継ぎ早に問いかける。

「本当に長いあいだ、お疲れさまでした」

のり子が花束を受け取って、代表で山上に渡した。

「サンキュウ」

山上は受けながら「香田くんは？」とたずねた。姿を見せない香田を、山上は人知れず気にかけていた。拍手が湧き起こった。山上は照れたように微笑んで、帽子を脱いで一礼した。

山上は肩章を取りキャプテンバッジを外す。そして万感の思いを込めてバッジに一礼した。

皆の胸に熱いものがこみ上げてきた。山上は満足したように顔を上げた。

「みんな、ありがとう――」

山上は花束を抱えてディスパッチルームを出た。スタッフが拍手で見送る。

元は山上のフライトバッグを持ち、車寄せまで見送ることにした。マネージメントセンターの前にハイヤーが停まっている。元がトランクに荷物を乗せようとすると、香田が向こうからやってきた。山上は、香田を見た。香田はうるんだ目で、山上に深く一礼した。その瞬間、山上の目から涙がこぼれた。

山上は微笑んで香田を見つめている。香田もまた言葉にならない思いを伝えようとしている。見つめ合う二人の間には深い信頼の絆があった。元はこの師弟の姿に深く打たれていた。


「しかし、かなわねえよな……」

元はボソリとつぶやいた。歩実はやさしい表情で聞いている。

「香田さんは、山上キャプテンのことを考えて進退をつきつけたんだ。そして、山上キャプテンも、その気持ちを理解して受け入れた、すげえよ」

「そんなこと、誰でもわかるんじゃない」

歩実はわざとツッコミを入れる。

「俺、香田さんは厳しいだけの人だと思ってたから……でも、あの人はほんとはただのサイボーグじゃなかったんだ……」

「私は初めからそうだって言ったでしょ」

「……えらそうに」

「あんたが鈍いだけよ」

「お前、知ってたの？　香田さん……前の会社で……事故機に乗るはずだったんだって」

「えっ、事故機……？」

歩実の表情が凍った。

「12年前の、グランドシェア航空のアリゾナに落っこったやつ。ほら、日本人の乗客も何人か亡くなった……」

元は告げた。

「あの飛行機……香田さんがシフトされてたらしい。それが体調崩して、スタンバイのパイロットが飛ぶことになって――」

元は歩実の様子に気づいて、ふいに黙った。

「あれ、知らなかったんだ？」

元がたずねたが、歩実は答えない。

「――俺思うんだけど……香田さんは……二度と事故を起こさない、そのために自分の人生をささげようとしちゃってるっていうか、今も、その事故と闘ってるんだろうな」

元は言い終わって、歩実の異変に気づいた。歩実は立ち止まって、ぽろぽろと涙をこぼしている。

「――どうしたの？」

元は突然のことに戸惑って、かける言葉を失っていた。

#08
GOOD LUCK!!

「今日は帰る——」

歩実は慌てて涙を拭い、早足で歩き出した。

「待てよ。なんだよ、急に——」

元は追いかけたが、歩実はすごい勢いで歩いていく。

「なんか、俺、悪いこと言ったかよ——?」

歩実は答えず、ぐんぐん先へ行ってしまう。元はハッとして、立ち止まった。歩実は、香田の話がそんなにショックだったのだろうか。

「それとも、お前、香田さんと、なんかあんのかよ?」

元は問いかけたが、歩実は答えない。元は、しばらくその場にたたずむ。


歩実は家に戻ると、とにかく気持ちを落ち着けようと台所で水を飲んだ。それから、歩実は仏壇の、両親の写真の前に座った。

「なんだ歩実、帰ってたの？」

香織が2階から下りてきた。歩実はじっと写真を見つめている。

「ねえ、お姉ちゃん、毎年、お父さんとお母さんの命日に届くあのお金、どうした？」

歩実が言うと、香織は黙って仏壇の引き出しから封筒を出した。歩実は差出人のない白い封筒を見た。

「これ、今年のだよね。これまでのは？」

「銀行に預けてあるよ、全部。だって、誰が送ってくれたかわからないお金、使えないもん」

香織は引き出しの奥から通帳を出した。歩実が通帳を開くと、30万円という金額が11回並んでいる。

「何かあったの？」

香織はたずねた。歩実はそれには答えず、香織を見つめて言った。

「これ、私が預かっていい？　あとでちゃんと話すから――」

数日後、元はフライト前にハンガーをたずねた。ブリッジの上から歩実を探すが見当たらない。

「あ……すみません、あの、緒川、さん、いるかな？」

元は通りかかった島村を呼び止めた。

「緒川なら、緊急訓練の準備で訓練センターに行ってますが」

阿部が階段を上がってきて言った。

「ああ、そっか。今週、訓練だったよね……。俺、これからフライトだから、また来ます」

元は会釈して出ていった。阿部は元を見送ってから、そっと階下に目をやった。階段の下で、歩実が申し訳なさそうに頭を下げていた。


元はジェーンと並んでスポットに向かっていた。

「今日はソウルだ。ランディング気合入れなきゃならんぞ」

ジェーンはやけに張り切っている。

「なんでですか？」

「ソウルはきれいな女性が多いんだよ」

「それ、なんも関係ないじゃないですか。それに今日は修学旅行のチャーター便ですよ」

元が言っていると、向こうから香田が歩いてきた。

「……おはようございます」

元は香田と目が合って気まずい。

「これからフライトか」

「はい。ソウルです」

「明後日、緊急脱出訓練がある。体調を整えて参加できるよう、自己管理を徹底しなさい」

香田は行ってしまった。

「なに見とれてんだ。行くぞ」

ジェーンに言われるまで、元はぼんやりしていた。

「え？　見とれてませんって」

元はジェーンに引っ張られていった。


ソウルへのチャーター便のキャビンはものすごい喧騒だった。座席ベルトの表示が消えると、修学旅行の中学生たちはうかれて、席を立って動きまわっている。

「ねーねー、トイレどこ？」

「映画やんないの？」

「スッチーって、もっと美人かと思ってた」

太田をはじめ、CAたちはてんてこまいだった。

「なあ、操縦席ってどこ？」

生意気そうな男子が立ち上がった。

「どんな奴が操縦してんの？　男？　女？　かっこいい？」

他の生徒たちも目を向ける。

「コックピットの見学……？」

ジェーンは迷惑そうに太田を見た。

「はい。どうやってパイロットが操縦しているのか見たいと言っておられまして」

「ミスター・クローバー太田ちゃん、なに言ってんの。そんなの無理でしょうが」

「もちろん存じ上げております。ですから、せめて、ひとことアナウンスでも声をかけていただければ喜ばれるのではないかと……」

「ちょっとぉ。どうしちゃったのよ。そんなことキャビンで片づけてよ」

「そうですね……。かしこまりました。こちらで解決いたします。申し訳ございません」

残念そうにコックピットを出ていこうとする太田を、元は呼び止めた。

「なんか、あるんですか？」

「はい？」

「や、なんか、太田さんらしくないから……」

「いえ。あの……」

太田はもじもじしている。

「恥ずかしながら、別れた息子も中2でして、ちょっと思い出してしまいまして……」

元とジェーンは顔を見合わせた。

「あ、すみません。乗務には関係ないことでした。お忘れください。失礼いたします」

太田はキャビンに戻ろうとした。

「太田さん、待ってください。自分がアナウンスやっていいですか？」

元は言った。

「俺も昔、コックピット見せてもらって、すげえ感動したことあるんです。だから」

元は笑ってインターフォンを取った。

「本日はご搭乗ありがとうございます。副操縦士の新海です。ただ今、コックピットの見学を希望されたお客様がいらっしゃると伺いましたが、現在は安全上の理由で、コックピットをお見せすることはできません。代わりに今、私のいるコックピットについて、簡単にご説明させていただきます――」

元は気分よくアナウンスを続けている。

「えー、コックピットとは、闘鶏用のニワトリを入れておくカゴという意味で、身動きのとれないニワトリが首を出して餌を食べているところから連想して名づけられたほどの狭い空間です。この狭い空間に、各種計器類がぎっしりと詰まっており、機長と副操縦士の二人が並んで操縦桿を握って――」

横からジェーンが遮った。

「ユー・ハブ」

「え？　アイ・ハブ」

元は操縦桿を任されていた。

「私がその機長、ジェーン内藤でございます」

ジェーンが勝手にインターフォンを切り替えた。

「我々パイロットは、お客様のため、常に安全運航をめざしております。本日も無事故無違反でソウルまで将来ある皆様をお届けいたしますので、どうぞご安心のうえ、空の旅をお楽しみくださいませ。コックピットより愛をこめて、グッドラック!!」

ジェーンのさまざまな声色を使った楽しいアナウンスに、生徒たちは大爆笑だった。

「久しぶりに受けたかな」

ジェーンはインターフォンを切って、上機嫌だ。

「無事故無違反はないっしょ」

元はむくれた。

「だって、パイロットは無事故無違反、あたりまえじゃないっすか……」

「そうかねえ。事故の記憶を背負って飛んでる奴だっているぞ」

ジェーンは元の肩に手を回した。

「聞いたんだろ、香田ちゃんの、前の会社でのこと」

「ジェーンさん、知ってたんですか？」

元は驚いた。

「パイロットの世界は狭いからな、なんとなく、じわじわ〜っと伝わってくるわけよ」

「……そう……ですか」

元は落ち込んだ。

「しかし、えらいよな、香田ちゃんも。俺だったら、……空が怖くなっちゃって、二度と飛ぶ気にはなれねえけどな。お前だってそうだぞ、きっと」

「空が怖い……か」

元はコックピットの窓から空を見た。吸い込まれそうに美しい空が広がっている。

『私、飛行機ダメなの――』

元は歩実の言葉を思い出していた。

『中学のときにね、友だちの両親が死んだの。飛行機事故で――』

元はふと思い当たって、まさか……と一度は否定した。あれは、香田の関係している事故だったのか――。そして、それはおそらく友だちの話ではなく、歩実自身のことだ――。


その頃、歩実はハンガーで機材の準備をしていた。

「訓練センターから、緊急訓練用の酸素マスクのオーダー来てるぞ」

阿部が言った。

「あ、じゃ、俺、行ってきます」

島村が走っていった。歩実はもくもくと作業を続けている。

「緒川、なんかあったのか？　今朝、新海さん来たのに、いないって言ってくれなんて……もしかして、しつこくされてんのか？」

「え？」

「それだったら、俺、はっきり言ってやるぞ。……あ、もちろん、先輩としてだけど」

「いえ、違いいます。そういうんじゃないんです。ちょっとあの、行き違いがあって……」

歩実は言いかけて、キャリアに乗せようとしていた機材を落としそうになった。慌てて支えたが、その瞬間、金属の角で手のひらを切ってしまった。

「いっ……！」

歩実の手のひらに血がにじんでいる。

「大丈夫か！」

阿部が駆け寄って、傷を見た。歩実の手のひらは思いのほか深く傷ついていた。


夕方、元はソウルから帰ってきた。フライトバッグを引いてマネージメントセンターの廊下を歩いていると、フライトを終えたのり子が前からやってきた。

「あら、お疲れさま。どこだったの？」

「日帰りでソウルです」

「私に何か聞きたいことが、あるんじゃない？」

図星だった。誘われるまま、元はのり子と一緒にカフェに入った。

「知ってるわよ」

のり子は言った。

「12年前のグランドシェア航空の事故でしょ」

「香田さんが、その事故機に乗ることになってたって……」

「私にそれを聞くってことは……新海くんも知ってるわけね。当時、私と香田さんがつきあっていたのを」

「いえ。山上キャプテンから香田さんのこと聞くまでは、ぜんぜん。……鈍いっすね、俺」

元は苦笑した。

「でも、今はただのクルーよ。クルーとして、香田さんのこと尊敬しているわ。過去は過去。昔は昔――」

のり子はさっぱりとした顔をしている。

「香田さんね、今の姿からは想像もつかないだろうけど、新海くんみたいなパイロットだったのよ。空を飛ぶことが楽しくてしょうがなくて、すぐに熱くなっては、あちこちにぶつかって……好きだったな、ほんとに、彼のこと――」

のり子はなつかしそうに語ったが、どことなくさびしそうだった。

「あの……なんで別れたんですか」

元は単刀直入にたずねた。

「すみません……。でも、好きだったんなら、そういう時、そばにいてやりたいって思うんじゃないかなって……」

「あの日……事故の起こった日ね、私たち、一緒にいたの。香田さん、風邪でひどい熱を出したので、スタンバイを要請して寝込んでた。私もちょうどフライトがなかったから、彼の部屋に行って看病してたの。……ようやく熱が下がって、テレビをつけたときだった。ニュースの速報で、グランドシェアの飛行機が事故を起こしたって……」

のり子の告白に、元は言葉を失った。

「香田さんが乗るはずの飛行機だった。たくさんの乗客が亡くなったわ。そして、彼の代わりに飛んだ先輩パイロットも亡くなった」

「……」

「私、あの時の香田さんの顔、今も忘れられない……。私たち、別れるしかなかったわ。あまりにも悲しい瞬間を共有してしまったから……未来が描けなくなっちゃったのよね……」

のり子は力なく微笑んでいる。

「富樫さん、今でも香田さんのこと、好きですよね？」

「好きよ」

のり子は迷いなく答えた。

「だったら、やっぱ、二人には過去を乗り越えてほしいです」

元は訴えた。

「過去じゃなくて、今を生きてほしいです。そしたら、また未来を描けることもあるんじゃないですか？　……あ、わかったようなこと言ってすみません」

「ううん。新海くんの言う通りかもね」

のり子はさっぱりした顔で受け止めている。

「香田さんだけじゃなくて、私も、12年前のことに縛られてるのかも」

「……」

「ありがと、新海くん。じゃ、訓練の担当決めなきゃならないから、またね」

のり子はカフェを出ていった。


元はふたたびハンガーを訪ねた。元に気づいて、機材を運んでいた阿部が足を止めた。元は朝に続いて2度目なのでバツが悪い。

「緒川なら、もう上がりましたが――」

阿部は元がたずねる前に告げた。

「あ、そうっすか……。お疲れさまです――」

元はがっかりしながら踵を返した。

「あの……新海さん――医務室にいると思います。緒川、勤務中に怪我したんです」

「怪我……!?」

元は聞くなり血相を変えて、医務室に向かって駆け出していた。元が受付で確認していると、ドアが開いて歩実が出てきた。手に包帯が巻かれている。

「……怪我したって、大丈夫かよ？」

「なんで知ってんの。大丈夫よ。縫わずにすんだから」

「気をつけろよ、お前。整備士にとって、手は命だろ」

心配している元の顔を、歩実は何か言いたそうに見ている。

「なんだよ？」

「……ありがと」

歩実は歩き出した。

「待てよ。送ってくよ。それじゃ、バイク乗れねえだろ」

元は慌てて引き留めた。


「このあいだはごめん……。急に帰ったりして――」

歩実は元の車の助手席でしおらしく頭を下げた。

「ちょっとびっくりしちゃってさ」

「……うん」

「あれ？　何にって、聞かないの？」

「聞いていいの？」

歩実はうなずいた。元は近くの河原に車を停めた。元と歩実は車を降りて、車のボディにもたれて話し始めた。

「――あのさ、覚えてる？　あたしがなんで整備士になったかって話したの」

「ああ。中学のとき……友だちの両親が飛行機事故で亡くなったって……」

「そう。でも、あれ……友だちっていうのは嘘で、あたしのことなんだ」

元は黙ってうなずいた。悲しいことに予想は当たってしまったらしい。

「……デパートのね、年末の福引でアメリカ旅行が当たったの。両親とも初めての海外旅行だったから、すごい喜んで、姉も私も、おみやげいっぱい買ってきてって、送り出した。でも、アメリカで事故が起きて……二人とも死んじゃった」

元はそっと歩実を見た。歩実はしっかりとうなずいた。

「信じられないけど、香田さんが乗るはずだった飛行機、それが両親の亡くなった便なの」

元はしんみりとした心持ちでうなずいた。

「なーんだ」

歩実はいつもの調子で言った。

「すごい驚くかと思ったのに。うっそー、まじーって」

歩実はさびしそうに笑った。

「お前、ほんと俺のことバカにしてんのな。お前が飛行機怖いって言ったときから、なんかあるって思ってたよ」

元はわざと軽口を叩いた。

「これから、香田さんにどんな顔して会えばいいんだろうな」

歩実はボソッとつぶやいた。

「あたしね、香田さんみたいなちゃんとしたパイロットに、整備士として認められてると思ってうれしかったんだ。でも……それは、同情っていうか、罪ほろぼしだったんだね……」

「それは違う……んじゃないかな。……そりゃ、最初はそういう気持ちはあったと思う。でも、お前の仕事は、それはそれで認めてるんじゃないかな」

元は本当の気持ちを言ったが、歩実はまだ不安げに首を傾げている。

「お前はどうなんだよ?」

「……ん?」

「香田さん……ていうか、グランドシェア航空や、そこで働く人たちを恨む気持ちはあるのかよ?」

元がたずねると、歩実は少し考え込んだ。

「……正直なとこ、言うね。お姉ちゃんと離ればなれになって、親戚に預けられたときは、すっごい恨んでた。なんであたしたちだけが、こんな悲しい思いしなきゃならないんだって。お父さんとお母さんを返せって。でも、一生恨んだり、憎んだりしてくのヤだなぁって思うようになって……それで……」

「整備士に?」

「うん。もう、親戚じゅうに大反対されたよ。すごかった。けど、お姉ちゃんだけはわかってくれて……。なってよかった、整備士に……」

「強いな、お前」

元が言うと、歩実は首を振った。

「悲しかった気持ちは消えないし、まだ飛行機には乗れないけど……でも、みんなが真剣に飛行機を飛ばそうとしてるってわかったから……。だから、今は、ほんとに整備士になってよかったって言える。まじで――」

　歩実は静かに微笑んだ。

「だったら、これまで通りでいいじゃん」

　元は歩実を励ましたかった。

「これまで通り、パイロットと整備士として、香田さんと向き合っていけばいいじゃん」

「……無理だよ」

「なんで？」

「事実を知っちゃったんだもん……」

　元は真剣な目で歩実を見つめた。

「じゃあ、香田さんに会って言えよ――こうやって、ちゃんと生きてる。だから、今は、過去のこととは関係なく、一人の整備士として見てくださいってさ」

「言えないよ。そんなこと、簡単に……。あたしだって、ショックだったもん……」

　歩実はそう言って、車に戻った。

「なんだよ。悲劇のヒロインぶんなよ」

　元は運転席に戻って言った。

「……べつに悲劇のヒロインになんて、なってません。言っとくけどね、世の中は、あんたみたいに、なんでもかんでもぶっちゃけられる人ばっかじゃないんだからね」

「なんだよ、それ」

歩実はいきなり車から降りた。

「乗れよ」

「いいです。歩いて帰ります」

「……シップに乗せてやる」

「え？」

歩実は元を見た。

「お前をシップに乗せてやるよ」

元は歩実を乗せると、何も告げずジープを川崎方面にとばした。

「なによ？　どこよ、ここ？」

歩実は車が止まるなり降りてきょろきょろしている。

「親父、船、出して」

元ははしけに向かって叫んだ。良治は網を片づけている。

「……親父？」

歩実は大きな目でジロリと良治を見た。

「今日は客だ。出してくれよ」

元は頼んだが、良治は黙ってはしけのほうを見た。——船がない！

「夜釣りのお客さんが入ったんだ。誠が出してる」

良治は網をしまっている。

「……せっかく来たのに」

「今度はご予約ください」

良治はぶっきらぼうに言い残すと、家の中に入っていった。元は呆然と立ちつくしている。

良治が声をかけた。

「おいっ、何してる。あがれ。カンパチのいいのがあるんだ。刺身にしてやる」

「えっ……。いいよ、メシは……」

元はムスッとつぶやいた。

「お前に食わすんじゃねえ。ご迷惑かけたお客さんにお詫びするんだ」

良治はウムを言わさぬ調子で言って戻っていった。歩実がクスッと笑う。


その頃、マネージメントセンターの監査室では香田がのり子に打ち明けていた。

「そう……あの子があの時の……」

のり子は話を聞いて少なからず驚いた。

「皮肉ね。事故の遺族である彼女と、事故を起こした側のあなたが、今は同じ会社で働いている。お互いに、二度と事故を起こさないようにと願って……」

「……ああ」

「彼女と会って話せば？　会って謝ったからって、どうなるってものでもないけど……でも、そうでもしなきゃ、あなたはいつまでも過去に縛られたままだもの」

「……」

「私は今を生きたい」

のり子が言うと、香田は見つめている。

「あなたにも今を生きてほしいの」

香田は答えない。

「いい加減に気づいてほしいわね。ずっとそれを待っている人間がいることを」

のり子はまっすぐに香田を見つめた。香田は狼狽《ろうばい》した。

「おやすみなさい」

のり子は言葉を残して、監査室を出た。


「すごい……」

歩実は感動していた。ちゃぶ台には良治がさばいたカンパチの刺身の皿が乗っている。漁師の料理だが、できばえは玄人はだしだった。

「男手ひとつで息子二人、育てましたからねえ」

良治は照れて笑った。歩実は元の家のことは初耳だった。

「お袋、弟産んで、すぐ死んだんだ」

元は解説した。良治は醤油や小皿を用意しに立ち上がった。

「親父、それまでは遠洋の船乗りだったんだけど、弟、赤ん坊じゃん、だから、船下りて、商売、始めたんだ」

「……そう」

良治はこまごまとしたものを運んできた。

「酒――」

「え？」

「酒つけてこい」

「いや。俺、車だから」

元は辞した。

「お客さんに出す酒だ、ばか」

「ばかって」と、元はぶつぶつ言いながら台所へ行く。

良治は歩実に刺身をすすめた。

「女房が死んだとき、インド洋に出てましてね。日本に戻ったのは、10日もたってからでした。中学生だったあいつが、葬式から赤ん坊の世話から、全部やりましてね。私が戻ったら、泣きながら殴りかかってきました」

「……」

「けど、さんざん私を殴ってからは、ひと言も恨みごとを言いませんでした。あいつは他になんのとりえもないバカですが……そこだけは悪くねえなと、思ってます」

良治は照れくさそうに膝をさすっている。歩実はいい親子だな、とうらやましくなった。

「ただいま」

誠が帰ってきた。

「だれ？　あ？　兄貴の女？」

誠は酒を持って台所から戻ってくる元にたずねた。

「女じゃねえよ。仲間。会社の」

「え、スッチー？」

誠はじろじろと歩実の顔を覗き込んだ。

「残念でした。整備士です。悪かったね」

歩実はがっかりしている誠をこづいた。誠は意外な逆襲に尻もちをつく。

「なにやってんだよ、ばか」

笑って手を貸しながら、元は歩実と目が合った。二人はようやく自然に笑い合った――。


次の日、歩実は監査室に香田を訪ねていた。

「聞きました。あたしの両親が亡くなった事故機に、香田さんが乗るはずだったこと……」

「そうか……」

「でも、あたし、香田さんを責めるつもりはありません。これ、お返しします」

歩実は現金の入った封筒を差し出した。

「毎年、毎年、両親の命日に、お金を送ってくれたのは香田さんですね？」

歩実は問うように香田を見た。香田が黙ってうなずく。

「どうしてお金なんて送ってきたんですか？　香田さんが起こした事故じゃないのに……」

「……私は自分の不注意で風邪をこじらせ、当日の朝になってフライト変更を願い出た。あの時、体調が万全で私が飛んでいたら、事故は防げたかもしれない」

香田は苦しげな表情で告げた。

「そんな考え、傲慢です」

歩実は強く言った。

「あの事故の原因はシステムの誤作動だと言われています。あたしは、遺族としても、そして、整備士としても、原因を追究しました」

歩実は封筒を香田のデスクに置いた。

「あたしも姉も、自分たちの力で生きてます。……なのに、毎年送られてくるこのお金……このお金がいつも思い出させました。自分たちが被害者であること、誰かから可哀相だって思われる存在であることを。……でも、あたしたち、可哀相じゃないんです。事故で死んだ夫婦の娘じゃなくて、緒川香織であり、緒川歩実なんです」

「……」

「可哀相なのは香田さんのほうです。いつまでも、自分を責めて、過去に縛られて……このお金は、可哀相な香田さんの自己満足です」

「……かもしれない」

香田は苦い表情でつぶやいた。

「もう、二度とこんなことしないでください。そして、これからは、一人の整備士としてあたしを見てください。あたしも、香田さんを一人のパイロットとして見ます。それが、あたしにとって、過去を乗り越えることなんです。——失礼しました」

胸につかえていたものを全部吐き出すと、歩実は出ていった。ひとり残された香田は苦悩していた。


元はつばさ公園のベンチで歩実を待っていた。

「行ってきた」

歩実は放心したように告げた。

「終わった……」

歩実は元の隣に座って、呼吸を整えるように大きく深呼吸した。

「……ね、シップに乗せて」

歩実は言った。

「空、飛びたい。あたし、雲の上へ行ってみたい」

「いいよ。いつ、休みとれる？」

「うーん……明日から訓練あるでしょ。だから、来週」

「来週か。じゃあ、ホノルルはいかがでしょう？」

「ハワイか……」

「俺、月曜からホノルル1泊3日なんだ」

「チケット取れるかな」

「予約の番号お教えしますよ」

元の言葉に、歩実は少し笑って、ちょっとだけ涙をにじませていた。

「なんだよ、お前、今頃、泣いてんの？」

「……べつに」

歩実は強がった。元はいきなり歩実の手を握る。

「痛っ！　そこ、怪我したとこでしょ。強く握らないでよ、もう」

「そんな言い方すんなよ。待っててやったのによぉ」

二人の頭上を、飛行機が轟音をたてて飛び立っていった。二人は飛行機を見ながら自然に再び手を握り合った。そして、しばらく黙って空を見上げていた。


翌日、訓練センターで2003年度の緊急脱出訓練が始まった。会議室にはパイロットやCAや整備士たちがにぎやかに集まっている。香田が前に立って、挨拶を始めた。

「今回の指導担当を務める香田です。私から言うことは一つ。事故はそこにあるものだ。ここでは仮想の訓練であっても、明日のフライトで同じことが起こるかもしれない。実際のフライトだと思ってやってくれ。ただの訓練だとなめている者は、今すぐに帰りなさい」

室内がしーんと静まり返る。香田がスタッフを見回すと、思いがけず歩実と目が合ってしまった。香田は目をそらす。

「担当は発表の通り。乗客役も、乗務員役も、それぞれの役割を真剣に果たしてください」

職員たちは訓練用のキャビンに乗り込んだ。パイロット役の元は、コックピットに入った。見ると、香田はコーパイ席に座っている。

「今日は私は監督する立場だ。君に機長役をやってもらう」

香田が言った。元は戸惑いながらも機長席に着いた。

「しかし、なんであいつがパイロット役で、俺が乗客役なんですかね……」

キャビンにいる安住がこぼす。

「愛されちゃってるからね、元ちゃんは」

ジェーンが席に着く。

「あ、歩実ちゃん――」

ジェーンは、通路をはさんだ席の歩実に気がついて手を振った。歩実は仏頂面で会釈する。

訓練とはいえ、緊張しているのだ。

コックピットでは香田が訓練メニューを確認している。

「あの――」

元は切り出した。

「あいつ……緒川から、飛行機に乗せてくれって頼まれました。来週、ホノルルまで乗っけてくつもりです。香田さんも楽しんでください。もう一度、空を飛ぶことを――」

「今は訓練中だ。訓練のことだけを考えろ」

香田は厳しい声で叱責した。元はとりつくしまのない香田から目をそらし、気を取り直して前を向いた。

「始めるぞ」

香田に促されて、元はインターフォンを取った。

「機長よりお客様に申し上げます。この飛行機は車輪の一部に不具合が生じたため、成田に引き返します。着陸に際し、衝撃が起こる可能性があります。これより先、客室乗務員の指示に従って沈着な行動をお願いします」

続いてキャビンの太田が機内アナウンスに立った。

「ただ今から衝撃防止姿勢の説明をいたします。安全のしおりをご覧ください」

CA役の社員たちが真剣に指示を出す。

「ブレス・フォー・インパクト。体を伏せてヘッドダウン――」

『着陸30秒前。……5秒前。……3、2、1』

元はスラストレバーを押す。キャビンの電気が落ちた。「キャッ」と誰かが悲鳴をあげる。

「座ったままで大丈夫です。落ち着いて。大丈夫」

CAが叫んでいる。歩実は恐怖を感じている。

「エンジン・オール・カット」

元がスイッチを切ると、計器類の灯りが全て消え、真っ暗になった。

「全員脱出せよ」

元はエヴァケーションのスイッチを押した。非常用の滑り台が搭乗口から降りた。

「脱出。飛んで、滑って、二人ずつ」

太田とうららが滑って見本を見せた。安住とジェーンも悲鳴をあげながら降りていく。キャビンから喧騒が消えた。

「どなたかいらっしゃいませんか——」

元は静かになったキャビンの中を確認していく。すると、歩実がまだ動けずに残っていた。

「最後の乗客です。僕がフォローしますので、富樫さん、先に行ってください」

元が叫ぶと、のり子は滑り降りていった。元が歩実に声をかける。

「大丈夫か？」

「うん、大丈夫」

歩実は促されて非常口まで来ると、下を見た。10メートルほどの高さにめまいがする。そばにいた香田は、歩実の中に刻み込まれた恐怖を感じ取った。そして今、その恐怖に立ち向かっている歩実に心を動かされつつあった。歩実がふと笑う。元が無言のまま励ます。

歩実は意を決し、何かを振り切るように滑り降りていった。上から見守る香田と元。

「いたっ……」

歩実は思わず顔をしかめた。整備中に痛めた手を着地するときについてしまったのだ。その瞬間、香田の体が揺れた。暗闇の中、滑り台と非常口に生じた段差につまずいたのだ。転落しそうになった香田に元が飛びつく。誰もが一瞬、事態をのみ込めなかった。その間に二人は設置された滑り台を踏み外し、地上に落下していった。

「あ……」

すさまじい音が響いた。元が香田の下敷きになった形でコンクリートの床に叩きつけられた。しーんと静まり返る中、香田が頭を振って起き上がった。が、元は動かない。

「新海くん！」

のり子が駆け寄った。香田は声もなく立ちつくしている。

歩実はショックで動けない。

「新海くん、しっかりして！」

のり子が呼びかけると、元はごく薄く目を開けた。元は朦朧《もうろう》とする意識の中で幻を見ていた。

真っ青な空を飛ぶジャンボ機の腹が見えた――。

#09
GOOD LUCK!!

元は記憶の中にいた。

4年前――。真っ青な空の遠くに銀色の機体が光っている。

『うわ……すげえ――』

訓練生の制服を着た元がコーパイ席で息を呑んでいる。訓練機のコックピットにいる。フロントガラス一面には真っ青な空と純白の雲海が広がっている。

『まじで、すごいですね――!』

感激している元の隣で、教官が笑っている。

『そんなにはしゃぐな。無事に試験に受かってパイロットになったら、イヤってほど見られるんだから――』

『すみません。いや、でも、ずるいですよ。この空は――』

元は感動しながら操縦桿を握り直した――。

「――新海くんっ！　新海くん、しっかりして！」

富樫のり子が必死に元に呼びかけている。元は一度目を開けたものの、夢でも見ているような安らかな顔で気を失っている。太田やジェーン、安住も駆け寄ってきた。香田と歩実は青ざめ、声もなく立ちつくしている。

「新海さん！　聞こえますか！」

太田が呼びかけるが、元はぴくとも動かない。やがて到着した救急車で、元は成田近くの病院の救急処置室に運び込まれた。のり子は廊下の長椅子に座り、香田は壁にもたれて立ちつくしていた。二人とも無言のまま、元の容態を気にかけている。そこへ、良治と誠が駆けつけた。

「元の父です。息子が、いつもお世話になっとります」

良治が一礼した。香田とのり子は立ち上がって会釈する。

「あの、申し訳ありませんでした――」

香田が良治に頭を下げた。

「新海くんは私をかばおうとして転落しました。しかも、私は現場の監督をする立場にありました。全て私の責任です――」

「いえ……仲間を助けようとするのは当たり前のことです」

良治は言った。

「それに、あいつの身にふりかかったことは、あいつの責任です。で、うちのバカは？」

「それがまだ……」

のり子が言いかけたその時、処置室の扉が開いた。４人はハッと身を硬くして見た。元がストレッチャーで運び出されてくる。青白い顔。鼻にはチューブが差し込まれている。腕の点滴が痛々しい。４人は緊張で元を見つめた。

「このまま4階の個室に入っていただきます」

ナースが静かに連れていった。続いて担当医の成見勝が出てきた。40歳半ばの外科医だ。

「兄貴、大丈夫ですか？　どうなんですか、先生！」

誠が成見に駆け寄った。成見は集まっている関係者に向かって笑みを浮かべた。

「大丈夫ですよ。命に別状ありません。意識を失われたのは脳震盪《のうしんとう》を起こしたせいで、内臓に損傷はなく、脳波にも異常は見られませんでした」

一同がホッと安堵の息をつく。

「ただ……、いくつかお話ししなければならないことがあります。お父さんはこちらの部屋へどうぞ――」

成見は良治をドクタールームに呼んだ。

「なに、大したことありませんよ。まったく、うちのバカがご迷惑おかけして、すみませんでした。――おい、誠、元についててやれ」

良治はのり子たちに一礼した。

「あの、失礼ですが——」

香田が成見を呼び止めた。

「私も一緒に話を伺ってもよろしいでしょうか？　職場の者です。訓練中に起こった事故ですし、今後のフライトにも関わってくることですので」

成見は険しい顔で振り向いた。良治を見る。

「息子さんは……パイロットでしたね？」

「はい」

「もし、差し支えないようでしたら、一緒に聞いていただいたほうがいいかもしれません」

良治は不安な表情で成見を見て、香田と一緒にドクタールームへ入った。

「当病院はパイロットの健康状態をチェックする、航空身体検査の指定病院です」

成見は表情を硬くする良治に向かって、事実を告げなければならない責任を重く感じていた。

「——率直に申し上げます。元さんは、二度と操縦桿を握ることができないと思います」

良治と香田は愕然として、言葉を失った。

418号室のベッドで元が眠っている。何も知らずに「うーん」と寝返りをうとうとして
「いてて、なんだよ、もう……」と寝言を言い、また寝入ってしまう。ベッドの横で、良治が元の様子を見守っている。

「これ、看護婦さんが……」

誠が畳んだ制服をベッド脇の棚に置いた。白のパイロットシャツにゴールドの3本線の肩章――。

「お前は帰れ。明日、学校だろうが」

良治が誠に言った。

「いいんだよ」

誠は椅子に座ってうなだれた。その頭をポン、と大きな手がこづいた。

「いてっ」

誠は頭を押さえた。

「いてえのは、俺なんだよ」

元が目を覚ましていた。

「親父ッ、兄貴、起きた！」

「……ああ」

「何がどうなってんの？　俺、足がすげえ痛えんだけど」

元は置かれた状況がわからないらしい。

「何って、兄貴が……」

誠が言おうとすると、「これで缶ジュースでも買ってこい」と良治は財布から1万円札を出した。

「でも、1万円札じゃ自動販売機……」

誠はしぶしぶ取って出ていった。元は何かを予感して良治を見ている。

「おい……ちょっといいか?」

良治は覚悟を決めたように元のそばに座った。父と子はしばらくぶりに目を合わせた。良治は元に怪我の具合を説明し始める。

「……神経切断?」

元が眉をひそめる。

「ああ。落っこちるときにな、頭をかばおうとして、足をねじったまんまコンクリの床にぶつけたらしい。それで、骨が砕けて……内側の神経も傷つけちまったそうだ」

「神経って、まさか……、歩けないようになるってこと?」

元はハッとした。良治は首を振った。

「先生の話じゃ、リハビリをやれば、じゅうぶん歩けるようになるってよ」

「なんだ、それ、先言えよ……」

元は胸をなでおろしながらも、良治の様子から不安が拭えない。

「ただ……ちっとばかり足を引きずるようになるのは避けられねえってことだ」

良治の言葉に、元は絶句している。

「パイロットてえのは、ほんの少し足を引きずるだけでも、アウトだそうだな。隠してもしょうがねえからはっきり言うが、つまり、あれだ。歩けるようにはなるが、パイロットは引退ってことだ」

元は顔色を失った。それからしばらくおいて、へえ……とつぶやいた。

「ま、感謝するんだな。高いところから落ちて、骨を折るだけですんだんだ」

「……へえ」

元はぼんやりとつぶやいた。驚きのあまり言葉が出ない。

「腹は減ってねえか？」

良治は元の心の痛みをおもんぱかった。

「……いや」

「なんか欲しいものは？」

「……うん。とりあえず、ひとりに……してくれっかな」

良治は部屋を出た。廊下に出ると誠が待っていた。誠は1万円札を返した。

「……帰るぞ」

ふたりは歩き出した。

「あの……新海さんは……」

歩実が廊下の片隅で待っていた。

「……会いたく、ねえそうです」

「……」

「腹のすわってねえ奴ですみません」

良治は詫びた。歩実は心配そうに病室のドアを見つめる。

元は病室の暗闇の中で、呆然と天井を見つめていた。まだ、父の言ったことが信じられない。そっと身体を起こしてみる。が、足に痛みが走って、うまく起き上がれない。

「いってえ……」

元は横たわって天井を見つめた。

「うそぉ……」

唐突に笑いがこみあげてきた。ひとしきり笑うと、棚の上の制服が目に入った。

「まじかよ……」

元は天井を見つめ、拳をギュッと握り締めた。


安住が成田マネージメントセンターのディスパッチルームでフライトプランをチェックしていると、周りに若いCAたちが集まってきた。

「それで、どうなんですか？　新海さんの具合は？」

うららがたずねた。

「いつフライトできるんですか？」

美和子が問い詰める。

「まあ、骨折だから、しばらく復帰するまでかかるんじゃない？」

「じゃない、って、お見舞い、行ってないんですか？」

ＣＡたちは「冷たーい！」と騒いでいる。

「見舞いなんか行かないさ、セニョリータ」

ジェーンが太田と一緒にやってきた。

「どうしてですか？　ミスター・ジェーン」

「わかってないねえ。男は手負いの姿は見せたくないものなのさ」

「でも冷たいじゃないですか。パイロット同士なのに」

美和子が抗議を始めると、香田がフライトから帰ってきた。ＣＡたちは気まずく口をつぐんで、潮が引くように去っていく。

「オペレーションノーマルです」

香田は平然とした顔でフライトログをディスパッチャーに渡している。ジェーンと安住は気まずく顔を見合わせた。

「あ、香田ちゃん、香港帰り？　お疲れさま」

ジェーンが声をかけた。

「たいへんだねえ、なんか、うん」

香田はジェーンを無視して、太田を見た。

「太田チーフ、これから乗務本部室までご一緒してもらえますか」

「え？　私が、でございますか」

「新海のことで、話があるそうです」

香田が告げると、太田はきょとんとした。

「新海さん、ゆっくり立ってみましょうか」

成見医師が声をかけた。元はナースの手を断って、自力でベッドを降りた。立った瞬間、痛みが走る。

「歩けますか？」

「はい」

元は足を踏み出そうとするが、うまくいかず、よろめいてしまう。ナースが慌てて支える。

「あ、すみません」

元はナースに抱きついてしまい、慌てて離れようとしてまたふらついた。

「これを使ってみましょうか」

成見がスチール製の松葉杖を差し出した。

「いや……いいっす。俺、自分の力で……」

元はショックを受けながら松葉杖を見た。

「急に元通り歩こうと思っても無理ですから」

成見は忠告した。元はギプスのはまった足を見つめた。窓の外を飛行機が飛んでいく――。

「新海さんを、パーサーにですか？」

太田は意外な提案に驚いた。乗務本部人事部長の北村が声をひそめる。

「彼の足の怪我は完全には治らないそうだよ。地上勤務も考えたが、彼は人当たりがいいから、案外パーサーなんか向いているんじゃないかと思ってね。どう思う？　意見を聞かせてくれないか」

「お言葉ではございますが、ご本人はパーサーをご希望されないのではないでしょうか」

太田はやんわりと否定した。

「しかし、もうパイロットには復帰できんのだ。それに、同じ空の仕事じゃないか」

「……同じ空の仕事」

太田は香田をチラリと見た。

「これまで私は、たくさんのパイロットの方と接してまいりましたが、新海さんほど、空を飛ぶことが好きな方はいらっしゃいませんでした。新海さんにとって、空の仕事はひとつしかありません。私にとって、パーサー以外の仕事は考えられないように」

太田は穏やかながら、はっきりと告げた。

「私は新海さんがパイロットとして戻ってこられるのをお待ちしたいと思います」

太田は深く一礼して部屋を出た。香田は終始無言のまま、太田の言葉を聞いていた。


のり子が監査室を訪ねると、香田は忙しそうに事務処理をしていた。

「会いに行ったの？　新海くんに？」

「いや……」

「どうして？」

「責任のとり方を決めてから、行こうと思っている」

「責任なんて言ってる場合じゃないでしょう？」

　のり子は語気を荒らげた。

「新海くんはコーパイになったばかりよ。まだ若い彼が、キャプテンになる夢を諦めて空を降りなきゃならない。どんなに無念で、どんなに悔しいか……それを一番わかってるのは、あなた自身じゃない」

　香田は黙っている。

「新海くん、あなたに一番、来てほしいと思ってるんじゃないかしら」

　香田は事務処理を続けている。のり子は半ば呆れたように香田を見据えた。

「一生、そうやって閉じこもっているつもり？　いい年して、そんなに傷つくのがこわいの？」

「なんだと」

　香田は顔をあげた。

「そりゃ、楽よね。自分で一線を引いて壁を作って、そこからは何があっても出ないと決めてしまえば」

　のり子はいつもの穏やかな口調ではなかった。

「結局、あなたは自分が傷つくのを恐れるあまり、人の痛みには鈍感なのよ。でなきゃ、新海くんに会いに行くはずじゃない。彼の悔しさや怒りを受け止めてあげようとするはずだわ」

のり子は厳しい口調で反応のない香田を責めている。

「もっと言ってあげましょうか。一番弱いのはあなたなのよ。厳しさも責任感も、自分の弱さを隠す道具でしかない――」

「――君にはわからない」

「ええ、わからないわ。わかりたくもない。もう、そんなのはたくさん！」

のり子は華奢な身体全体で訴えた。

「でも、新海くんは、彼だけはむきになって、あなたのことをわかろうとした。私はそう思うわ」

のり子は部屋を出た。

数日後、元はリハビリ室で松葉杖を使って歩く練習を始めた。数歩歩いては引き返す。それを何度も繰り返すと、額に汗がにじんでくる。

「いいよ、いいですよ。さすが覚えがいいですね」

成見が誉めた。

「先生、あと、どれくらいで杖は外れますか？」

元は真剣な目でたずねた。

「この調子なら、2週間もすれば、ほぼ普通に歩けるようになるんじゃないかな」

「ほぼじゃなく……完璧に歩けるようになるのは、やっぱり無理ですか？　俺、どうしても諦められないんです。なんとか、この足、元通りに治して、空を飛びたいんです」

元は思いを込めて訴えた。戸口に良治が立っている。

「……残念ながら、足首の関節の骨がずれて癒着している以上、完全に元通りというわけにはいきません」

「俺、どんなリハビリでも耐えます――」

「リハビリによって、普通に歩けるようになります。いずれスポーツを楽しめるようにも回復します。ですが、それは、あくまで日常生活の上での回復なのです。航空身体検査にはパスできません。一般の方における健康の意味と、パイロットにおける健康の意味の間には大きな差があるのは、よくご存じのはずです」

成見は言った。

「日常生活に支障はないし、仕事の面でも地上勤務という道があるなら、それも人生じゃないでしょうか」

成見の言葉を元は黙って聞いている。

「新海さん――」

最後に成見は告げた。

「できないことは、空を飛ぶこと、たった一つだと言っても過言ではないのです――」

元は手すりにもたれて窓から外を見た。夕陽の中、飛行機が1機飛んでいく。良治がやってきて、少し離れて立った。

「……やるか?」

煙草を差し出した。元は首を振った。

「パイロットは健康第一だからさ」

元は自分の皮肉に苦笑した。良治は苦い顔で一緒に笑った。

「家へ帰ってこねえか? お前みたいなバカには、普通のサラリーマンは勤まらねえよ」

良治は唐突に切り出した。

「……わかってるよ、言われなくても」

「うちのシップのキャプテンになりゃいいじゃねえか。空もいいが、海もいいぞ」

良治はボソッと言った。

「……あのさ。うちの船って、あれ、シップかよ。ボートでしょ、ただの」

元はやりきれない思いを茶化してごまかすが、良治は構わず話を続ける。

「会社辞めたら、食ってけねえだろ。お前みたいなバカに他の仕事が務まるとは思えねえ」

「他の仕事って……勝手に決めんなよ。まだ……」

「まだ、なんだ?」

「まだ……パイロット続けられないって決まったわけじゃないんだから」

元は強がってみせた。その時、リハビリ室の入り口に香田が立った。親子の会話を香田が耳にする。

「無理だな……。お前には、もうパイロットは無理だ」

良治の言葉に、香田は入っていくタイミングを失った。二人は気づかない。

「お前が一番わかってんじゃねえか。だから、ぐずぐずくさってんだろ」

「……人の気も知らねえで」

元はつぶやいた。

「ああ、知らねえ。ちっと怪我したくれえで、自分を憐れんでるようなヤツの気なんてよ」

「怪我したくらい?」

元はムッとした。

「打ちどころが悪けりゃ、死んでたかもしれねえんだ。めそめそしてねえで、頑丈に産んでくれた母ちゃんに感謝しろってんだ」

「うるせえよ」

元はキレて、父の胸ぐらをつかんだ。香田は居たたまれなくなり、その場をあとにする。

良治は深く悲しみをたたえた目をしている。元は思わず、つかんでいた手を離した。

「悔しいだろうがよ……今のお前を見てると、俺も悔しいよ」

良治は背を向け、部屋を出ていった。

夕暮れの中、元はしばらくたたずんでいた。また1機、飛行機が飛んでいく。元はもどかしさを持てあまし、壁に頭をぶつける。

数日後、元は松葉杖をついて退院した。

「先生、お世話になりました」

元は成見に礼を言った。

「新海さん……」

成見は元の目を見つめ、何か言いたそうにしている。

「いえ……。まだ完治ではありませんから、無理をしないようにね」

誠がタクシーに荷物を積み込んだ。元は松葉杖を抱えて片足をつきながら乗ろうとする。

「兄貴、女、来ねえのかよ？　ふつう、退院っつったら、彼女とか来るもんなんじゃないの？」

「……ほっとけよ」

元はすねるように言って車に乗り込んだ。内心、歩実が来るのではと期待していたのだ。

元はマンションに戻った。元が松葉杖をついて、誠が荷物を持って後を追う。

「窓開けろっての。空気がこもってるだろ」

元は出たときのままの部屋を見回した。床には開いたままになっているフライトマップ。

元は拾って本棚に入れた。本棚には水島からもらった肩章が飾ってある。

『お前はいいキャプテンになるよ――』

水島は言ってくれた。

元が落ち込んでいると、チャイムが鳴った。歩実がいつになく陽気な顔で入ってきた。

「オス」と誠に会釈し、元を見ている。

「……生きてた？」

「死ぬかよ」

「だよね」

歩実は初めて入った元の部屋をきょろきょろと見ている。

「誠、冷蔵庫カラだから、なんか飲むもん……」

元は財布から1万円札を出した。

「ったく、親子で同じことやるんだから。いいよ。帰るから、邪魔者は」

誠は歩実の前を横切って、玄関へ向かった。

「ごゆっくりー！」

ドアがバタンと閉まると、元と歩実は二人きりになり、ぎこちない。

「あ……よくわかったな、部屋——」

元は切り出した。

「……1階にポストあるじゃない」

「ああ」

ふたりは一瞬、見つめ合った。

「あのさ、もう、会えねえかと思った」

「……なんで?」

「なんとなく……。やっぱ、へこんでんのかな、俺」

元は弱気な自分に苦笑した。

「知ってんだろ、俺が……もう飛べねえの」

「……知らないよ、そんなの」

歩実は怒ったように瞳をそらした。

「へこんでないで、約束、守ってよ」

歩実はぶっきらぼうに言った。

「……約束?」

「忘れたの?　飛行機に乗っけてくれるって。きれいな空、見せてやるって」

「ああ、あれなら、もう無理だから。誰かに頼んでやるよ。香田さんかジェーンさんか」

「あんたじゃなきゃダメ。あたしはあんたと約束したんだよ」

歩実は怒ったように言う。

「――仕方ねえだろッ。飛べねえんだからよッ」

元は怒鳴った。歩実は必死でにらみ返している。負けるなと祈りを込めているようだ。元は目をそらし、車のキイを歩実のほうに投げる。ふたりはジープに乗って、つばさ公園に向かった。

久しぶりに外の空気に触れる元。歩実は車を止めると、元のところへ駆け寄る。が、元は歩実を制し、松葉杖を使って器用に歩いていく。晴天の冬空だ。二人の頭上を飛行機が飛び立っていく。

「気持ちいい～」

元は立ち止まって、飛行機を見上げている。

「ここ、来たかったんだ――」

元は飛行線を目でたどっている。歩実は少し離れて隣に立った。

「うわ、思い出すなぁ――」

元はまぶしそうに目を細めた。

「初めてさ、訓練機で飛んだときのこと……。やっぱ、下から見る空とは全然、違うんだよなぁ……」

元はひたすら見上げている。瞳に青空が映っている。目の端からツーと涙が流れた。歩実はズキンと心が痛くなった。

「俺さあ……やってみるわ……この足、治してさ、もう一回、空飛んでみせる」

元は涙をぬぐうこともせずに言った。

「……うん」

歩実は元の隣に寄り添った。

「何ヶ月かかっても、どんなにしんどくても」

「……うん」

歩実は元に身体をくっつけた。

「医者は無理だって言うけどさ、俺の足だもんな。俺だけは諦めちゃダメだよな」

元は泣きながら笑っている。歩実は涙をこらえ、もう声にならず、ただうなずいていた。

「やっぱ、俺……お前を乗せたいしさ。どんなことしてもお前を後ろに乗っけて、雲をガーッてつきぬけて……真っ青な空、見せてやりてえし」

元は歩実を見た。二人は見つめ合った。元は松葉杖をカタンとその場に倒し、ちょっと不器用に歩実を抱き寄せた。そして、ゆっくりと唇を近づける。

「……？」

元は途中で動きを止めた。

「約束果たすまで、お預け、だよね……」

「……ばか」

歩実は泣きながら笑っている。元も笑って、今度はそっと歩実に甘えるようにもたれた。

歩実はやさしく受け止めた。心地よい風が吹いていた。


「すみません。自分はパイロットを辞めるつもりはありません――」

元は人事部長の北村に断りを入れた。

「気持ちはわかるが、その足では復帰は無理だぞ」

北村は苦い顔をしている。

「足は治しますので、リハビリのための休暇をいただけないでしょうか」

「休暇……？」

北村は呆れたように元を見ている。

「少し時間がかかるかもしれませんが、必ず治して、もう一度、航空身体検査にパスしてみせます。お願いします」

元は頭を下げた。

「いろいろだなあ……」

北村は深いため息をついた。

「怪我をしても辞めたくないと言う奴もいれば、すばらしい技術をもちながらパイロットを辞めていく奴もいる――」

「辞めていく？」

北村は机の引き出しから白い封書を出した。『退職願』と表書きしてある。

「香田くんだよ。君の転落事故の責任をとって、辞職するそうだ」

それを聞いて、元は怒りを沸騰させた。

「あのやろー」

元は足の怪我も気にせずに、部屋を飛び出し走り出した。

その頃、香田の乗った飛行機が成田に到着した。コックピットでは香田と安住が着陸確認作業をしている。いつもと同じようにテキパキと作業をこなす香田に、安住は最後まで気を抜けないでいる。

「シップOKです。お疲れさまでした」

「お疲れさま」

安住が立ち上がる。香田は座ったままだ。

「……ああ、先に行っててくれ」

安住を帰し、ひとりになると、香田はそっとグローブを外し、コックピットを見回した。操縦桿に触れる。これが最後だ。香田は短いパイロット人生に終止符を打とうとしている。


喫煙ルームでは、ジェーンやCAたちが話し込んでいた。

「ああっ、新海さん！」

うららが慌てた様子の元に気づく。元は見向きもせずに松葉杖で走る。元はなんとかしたいと思っていた。空港ビルからは青い機体が見える。3階ロビーだ。松葉杖で走る男に皆、好奇の目を向ける。元は窓に駆け寄った。

「あ」

香田が見えた。コックピットのなかに、ひとり座っている香田がいた。元はじっと見つめる。香田はしばらく立ち尽くし、意を決したようにキャビンのほうへ消えていく。

「くそう――！」

元は急いだ。松葉杖がもどかしくて、途中から抱えて足をつきながら追った。そして、夕陽の中、歩いていく香田を見つけた。香田は時折、飛び立つ飛行機を見上げている。

「香田さん！」

元は道の反対側に呼びかけた。香田は松葉杖姿の元を見て、驚いたような顔をしている。

「そこ動かないでくださいーー！」

元は松葉杖の先で香田を指し、ゆっくりと道路を渡った。息は切れ、汗びっしょりだ。

「……何の騒ぎだ？」

香田は涼しい顔で元を見ている。

「会社、辞めるって、どういうことですか？」

元は詰め寄った。

「責任とるって何ですか？」

「すまなかった、新海」

香田は頭を下げている。

「俺は後悔してません。香田さんを助けようとしたこと。あの時、黙って見ていたほうが、きっと後悔してました」

「しかし、こうする以外に責任をとる方法はない……」

「ーーあんた、ほんとに何にも変わんねえんだな！」

元は怒鳴った。

「何だと？」

香田はジロリとにらんだ。

「笑わせないでください。俺のためにパイロットを辞める？　ってことは、俺は二度と空に戻れないって、香田さん、諦めてるってことですよね？」

元の問いかけに、香田は黙っている。

「だったら、絶対戻れるって信じてる俺は、どうすりゃいいんですか！　勝手に俺に見切りをつけないでください！　俺は絶対、もう一度、飛んでみせます」

香田は黙っている。

「香田さんが12年前、空を捨てなかったように、俺も今、空を捨てるわけにはいかないんです。まだまだ空を飛びたいんです。乗せなきゃいけない奴もいます。知らないこともたくさんあります。俺、こんな出来損ないのまま終わりたくないんです――」

「……なら、君は飛べばいい。私は私で決断したことを通す」

香田は歩き出した。

「俺がキャプテンになるまで、辞めさせません」

元は松葉杖で前に立ちはだかった。香田は元をにらみつけている。

「責任をとるんなら、俺が復帰して、キャプテンになるまで責任もって指導してください」

「……私より立派なキャプテンはたくさんいる」

「俺はあんたに指導してもらいたいんです」

「なぜだ？」

「決まってるじゃないですか。あんたが、香田さんが誰よりも空が好きだって知ってるからですよ」

元の真剣な言葉に、香田は打たれたように立ちつくしている。

「もう一回、一緒に飛んでください。お願いします――」

元は香田を見つめた。夕陽の中、二人はお互いを見つめ、やがて静かに心を通わせた。


「このあいだの話だけど、やっぱ俺、家には帰らないから――」

その帰り、元は良治に携帯電話で告げた。

「あのさ、俺、諦めねえから。もう1回――」

『ごちゃごちゃ言ってやがる。俺はお前を許したつもりはねえぞ』

良治は受話器を置いてしまった。

元は携帯を切って、微笑み、ゆっくりと歩き始めた。


翌日から、元はリハビリセンターで歩行訓練を始めた。成見医師が廊下を通りかかり、足を止めて元の真剣な様子を見つめていた。

元が中庭で痛みをこらえながら足の曲げ伸ばしをやっていると、成見が何か決意したようにやってきて、所見を伝えた。

「――手術を……？」

元は驚いた。

「はい……。お話しするべきかどうか迷ったのですが……曲がったまま接着した足首とかかとの骨を一度バラバラにし、再びまっすぐにつなぎ直す治療法があります。成功すれば完全に元通りに治ることもあります」

成見は説明した。元の顔がパッと輝いた。

「ほんとですか⁉　なんでそれを、早く――」

「――よく聞いてください。私は、治ることもある……と、申し上げました」

元は息をのんだ。

「……骨を削って組み直すということは、いったん神経を切断して、つなぎ直さなければなりません。うまくつながればいいのですが、もし、うまくつながらなければ右足首に障害が残り、最悪の場合、歩けなくなる可能性も出てきます」

「歩けなくなる……」

「手術の成功率は10％以下。10人医者がいたら9人が勧めない難しい手術ですが、新海さん、あなたを見ていて、可能性がゼロではないことをお伝えしなければと思いました」

成見は元を見つめている。

――元はやがて決意を固めた。

数日後、元は手術を受けた。手術自体は成功したが、元通りになるかどうかは、リハビリをしてみないことにはわからなかった。

数ヶ月後、元はギプスを外して、立ち上がることができた。元はリハビリセンターで歩行練習を続けた。スポーツクラブのプールでは、黙々と上半身を鍛えた。

季節は春になり、元は陽だまりの道で歩行練習を続けた。時折、汗を拭って、ふとつらくなると空を見上げた。訓練生の頃、元は希望に満ちていた。こんな日がくるなんて思ってもみなかった。

『俺、夢だったんです。こうやって、操縦桿握るの——』

元は初めて操縦桿を握ったとき、感動して教官に言った。

『夢か……。久しぶりに聞いたなぁ、そんな言葉。いつまでも忘れるなよ、新海——』

『はい！』

元は目を輝かせて目の前に広がる青い空を見つめていた——。

あの頃と同じ夢を、元は今、静かに抱いている。あの空にまた会いたかった。

#10

GOOD LUCK!!

コックピットの前方に真っ青な空が広がっている。新海元は制服を着て、コーパイ席で操縦桿を握っている。

「おいっ、エンジン音がおかしいぞ。大丈夫か？」

機長席の吉村が叫んだ。

「第1エンジンが停止しました。このまま成田に引き返します――」

元は計器を見て判断した。元は、この難局を乗り越えるために頭をフルに回転させる。吉村が声をかける。

「足は踏ん張れるか？」

「大丈夫です」

「着陸時の逆噴射で逆に振られるなよ！」

緊迫した状況に元は汗ばむ。いよいよだ。

「よし、任せた。ユー・ハブ」

「アイ・ハブ――」

元は操縦桿を固く握り直し、着陸態勢に入った。

「プッシュ・アプローチ……ギアダウン」

元は機首を下げていく。高度計の目盛りがグルグル動き出した。

「ラダー、踏み込みます――」

元は右足でラダーを強く踏み込んだ。窓の外をいくつもの雲が飛び去っていく。近づいてくる海原。元は真剣な顔でスラストレバーを操作し、ラダーを踏む。両方の足に神経を集中させる。

「アプローチング、ミニマム」

電子音が高度のコールを始める。機体はガガガ……と滑走路に着陸した。

「逆噴射マックス！」

元はなおもラダーを小刻みに踏み替え、バランスを保とうと懸命だ。

「オートブレーキ解除！」

足首を酷使しペダルを踏み込む。機体は滑走路を走って、ぴたりと定位置に止まった。元はホッとした顔でラダーから足を離した。

「シップＯＫです」

「よーし！」

吉村は機長席から立ち上がってコックピットのドアを開けた。外の灯りが射し込む。

元はシミュレーションマシンから出た。


吉村はチェック表にシミュレーションテストの結果を記入している。

「お願いします」

元は緊張の面持ちで吉村の前に立った。

「うーん、まだ若いなぁ――」

吉村の声に、ため息がまじる。

「確か、長いブランクがあったんだよね」

「……はい」

「右足首だっけ？　骨折のほうはどう？」

「完璧です。航空身体検査にもパスしました」

元は必死で言う。

「しかし、大変だぞぉ。またイチからやり直すのは」

吉村は結果を見ながら眉を上げた。

「それでも、あの……飛びたい、です」

元は冷や汗が出てきた。

「飛ぶためには、監査フライトに合格しなければならない。頑張りなさい」

吉村はチェックシートを元に差し出した。

「えっ。監査フライトを受けろってことは……！」

吉村はニヤリと笑った。

「新海くん、若いだけあって勘の戻りがいいね。合格だよ」

「……！」

元は満面の笑みで合格書類を手に訓練センターを出た。真夏の太陽が降りそそいでいる。

元はガッツポーズをしかけて、途中で止めた。

「いや、まだまだ――」

気を引き締めて歩き出した。右足には軽い疲労が残っている。やはり、ブランクは勘を鈍らせる。元は新人の頃、初めて訓練機に乗った日に、力を入れすぎて両脚がしびれたのを思い出した。

元は長い期間リハビリに励み、航空身体検査に合格した。そして、今日、シミュレーションテストにも合格した。

『後はパイロットとしての勘をいかに早く取り戻すか、ですね』

成見医師も元の完治した足に太鼓判を押してくれた。

元は監査室に香田を訪ね、合格書類を提出した。

「シミュレーションテストは合格したそうだな」

香田は見もしないでデスクワークを続けている。

「ご存じだったんですか?」

元は思わず笑みをこぼした。

「ここは監査室だぞ」

香田は込み上げる思いを抑えて、軽くいなした。

「……そうでした」

元が苦笑する。

「君がパイロットに復帰できるかどうかを決定する監査フライトの日程が決まった」

香田は告げた。元はいつになく緊張する。

「来週日曜のホノルル行き1052便に乗務してもらう。チェックの結果、合格なら正式に乗務復帰。不合格なら、訓練センターへ送られる。そのつもりで体調を調えなさい」

「はい」

元は恐る恐るたずねた。

「あの――監査役は、どなたでしょうか?」

「私だ」

香田はそっけない。

「じゃあ、また一緒に飛べるんですね」

元はうれしかった。

「喜んでいていいのか。これは監査フライトだ。場合によっては、君にとって最後のフライトになる。幸いなことに、私にとっても君と組むのはこれが最後かもしれん」

「また……」

元には香田の皮肉さえ、懐かしく感じられた。思わずにやけると、香田がジロリとにらんだ。

「あ、いえ、よろしくお願いします。あの、手加減は一切いりませんから」

元は一礼して監査室を出た。パイロットに甘えはいらない。光の見えないリハビリの日々を思えば、何もつらいことはなかった。元は歩きながら、全身に気力がみなぎるのを感じていた。


ハンガーでは歩実が他の整備士たちと休憩あけのラジオ体操をしているところだった。歩実は手抜きせず、まじめに体を動かしている。エイッと上半身をそらすと、ブリッジの上に元のいるのが目に入った。元はブリッジの上から合格のサインを出している。

「――!」

歩実はうれしくなるが、まじめに体操を続けている。阿部が小声で「行けよ」と言った。

「……いいです」

歩実は元のほうを見ないで、仏頂面を装って体操を続けている。元はブリッジの上から愉快そうに、そんな歩実をながめていた。

夕暮れ時、元と歩実はつばさ公園で落ち合って、並んでベンチに座っていた。

「ふうん」

歩実はテストの結果を聞いて、言った。

「ふうん、って、それだけかよ？　受かってよかったわねとかないわけ？」

元はムッとしている。

「だって、監査フライトに受かるまでは、正式にパイロットに復帰できるかどうかわかんないんでしょ」

「俺、絶対、受かるよ」

「へえ。自信あるんだ？」

元は真顔でうなずいた。

「俺さ、怪我して、なんか逆に自信もてるようになったんだ。一回、もう駄目ってとこまで落っこちて、ゆーっくり上がってきたからさ……なんで今、自分がここにいるのか、ちょっと見えるようになった、って感じかな」

「知ってる？　そういうね、自信があるときが一番危ないって」

「お前、どんどん性格悪くなってくな」

元は苦笑した。

「……一緒に行くよ」

歩実はボソリとつぶやいた。元は驚いて歩実を見る。

「だから、そのホノルル行きに、あたしも乗ってく。乗客として」

歩実ははにかむようにうつむいた。

「だって……監査に受からなかったら、もう飛べないかもしれないじゃない。そしたら、約束、守れないでしょ——」

「……お前、信用してないわけ、俺を？」

「まあね」

「——まあね!?」

「一緒に……飛びたいの」

歩実は元と目を合わせずに言う。

「あんたが頑張ってるシップで……あたしも、乗り越えたい」

「だったら、早くそう言えよ」

「ダメだったら、笑ってやるから……」

「お前なー」

笑い合う二人の頭上を飛行機が飛んでいった。


その晩、元は川崎の実家に復帰の報告をしに行った。

「なんの用だ？」

良治は網の手入れをしながら、ジロリと元を見た。元は照れながら父の言葉を待った。

「……また、飛ぶらしいじゃねえか」

「うん。今度の試験に合格したら、パイロットに復帰できるんだ」

「土産……」

良治はボソッとつぶやいた。

「土産買ってこい」

「ん……わかったよ。何がいい？」

「……パイナップル」

「――パイナップル？　前に買ってきてやったじゃん」

「あんなものは、とっくに腐っちまった。とびきりうまそうなやつを買ってこい」

「わかったよ。それだけ？」

「それだけだ」

良治はプイッと背中を向けた。

元はクスッと笑って、父の背中を見た。


数日後、元は朝の光の中、鏡に向かってネクタイを締めていた。パイロットシャツの肩章を確かめ、ゆっくりと濃紺のジャケットを着込む。そして、靴下を履く。治った右足を励ますように撫でて、元は玄関に向かった。が、ドアを開けようとしても、ドアが開かない。何かがドアにぶちあたって、ほんの少し開いた。すき間から見ると、ドアの前にベッドが置かれている。

「はぁ？」

元はドアをこじあけて外へ出ると、廊下にはベッドやタンス、スタンド、仏像などが並んでいる。唖然《あぜん》としながら見ていると、隣室から美淑が出てきた。

「ショウちゃん……」

美淑は悲しそうな顔をしている。

「ワタシ出ていくね。ショウちゃんに捨てられたのは悔しいけど、泣いてばかりもいられないから」

引っ越し屋が怪訝な顔で元のほうをチラチラ見ている。

「……捨ててないって」

「いいの。ワタシは平気。新しい恋を見つけにいくわ」

美淑は嘆いて、元に抱きついた。引っ越し屋は手を止めてジロジロ見ている。

「ちょっ、みんな本気にするじゃないですか。あの、嘘ですから。ぜんぶ嘘ですから」

引っ越し屋はジロリと元を見て、さっさとエレベーターに乗り込んだ。

「これ、お別れのしるし」

美淑はクラフトの飛行機を差し出した。

「よく飛ぶよ。じゃね、ショウちゃん、元気でね」

美淑はにこっと手を振って去っていった。

「あっ、ショウちゃんによろしく――」

元は思わずつられて手を振っていた。


その頃、歩実は小さな旅行バッグに洋服を詰めていた。机の引き出しからパスポートを取り出して、バッグに入れた。

「じゃあ、お姉ちゃん、出かけるね」

歩実は居間で朝食の後かたづけをしている姉に声をかけた。

「気をつけてね」

「うん」

歩実は仏壇の前で手を合わせた。こんな晴れやかな気持ちで両親に向かうのは初めてだった。

「お父さん、お母さん、行ってきます――」

歩実は祈るように報告をして、上着を着込みながら玄関へ向かった。

「大丈夫?」

姉が心配そうに玄関まで見送りに来た。

「どうかなぁ――」

歩実はわざと不安そうな顔で答える。

「あのバカが操縦するからね」

「じゃあ、お守り、持ってかなきゃ……」

「いらない。お守りはいらないよ、お姉ちゃん。あたし、たぶん、もう飛行機、怖くない。……信じてるから、あいつのこと」

姉の香織には、そんな妹の様子がまぶしく見える。

「歩実、ホノルルに着いたら電話してね。国際電話で『今、こっちは昼だけどー』ってあれね、一度やってみたかったの」

「いいよ！　今度は、お姉ちゃんも一緒に行こう」

歩実の言葉に、香織は微笑む。微かにうれし涙が浮かんでいる。

「じゃ、行ってきまーす！」

歩実は元気よく家を出た。


マネージメントセンターのロビーに香田がフライトバッグを引いてやってきた。

「おはようございます」

制服姿ののり子が笑顔で声をかけた。

「いよいよね、新海くんの監査フライト」

「ああ」

「皆、彼の復帰を待ってるわ。ぜひ、お手やわらかにお願いしますよ」

「監査がお手やわらかにやってどうする。俺はいつも以上に厳しいチェックをするつもりだ」

「そう言うと思った」

のり子はクスッと笑った。

「……なら聞くな」

香田はフンとすねている。のり子はその表情のうちに昔の香田を見取って微笑んだ。

「ねえ？　その厳しーい監査に、新海くんが通ったら……旅行でも行かない？」

のり子はふいに言った。香田はきょとんとした顔で見ている。

「彼が復帰できたら、あなたも一息つけるでしょう？　私、パイロットとCAじゃなく、乗客として、あなたと飛行機に乗ってみたいわ」

香田は黙って見つめている。突然の誘いに、返す言葉さえ見つからない。

「もおっ！　女にここまで言わせて、返事なし？」

のり子は呆れた。

「もっとパーフェクトな男性になっていただきたいわ」

のり子は香田を残し、さっそうとエレベーターホールに向かっていった。

元はディスパッチルームの前で大きく一度深呼吸をした。

「おはようございますっ！」

元が気分も新たに入っていくと、内藤ジェーンと同期の安住が振り返った。

「おうっ。新海！」

安住が手を上げた。

「うん？　君、誰だっけ？　えーとえーとえーと……」

ジェーンはすっとぼけている。元は無視してディスパッチャーに言った。

「すみません。１０５２便の新海です」

「いいのかなー？　ちゃんと挨拶できない子には、フライトプランは見せませんよッ！」

ジェーンは紙をヒラヒラとちらつかせている。

「――内藤キャプテンには、君の監査フライトの予備パイロットをお願いした」

香田が入ってきた。

「新海くん、君がね、全く使いものにならなかった場合、お客さんに迷惑かけるでしょ。その時のために、僕は同乗するわけ。まっ、迷惑だけどね」

ジェーンはうなずいている。

「そりゃ、どうもすみません……」

元は浮かれている自分をいましめた。

「内藤キャプテンのご登場を仰ぐ事態にならんよう、頑張りなさい」

香田は厳しい表情ながら、元に励ましの言葉をかけた。

歩実は空港カウンターでチェックインした。搭乗ゲートは63番。ボーディングカードを受け取った歩実は、出発便の掲示板の『HONOLULU』の文字を確かめ、ポケットに入れた。旅行客が楽しそうに行き交っていく。歩実は緊張しつつも、大空の旅へと一歩足を踏み出した。

元は久しぶりに見る空港の光景がうれしかった。香田とジェーンの後ろからムービングウォークに乗ると、ロビーの隅に歩実の姿を見つけた。歩実はぽつんと一人、ホノルル行きのゲートを探している。

「すぐに追っかけます」

元は香田とジェーンに断りを入れ、ムービングウォークの手すりをまたいで引き返した。

「おいっ、ホノルルは63番ゲートだよ。あっち」

元は歩実に示した。

「……わかってるよ」

歩実は弱々しくうつむいている。

「だいじょぶかよ?」

「ぜんぜん、だいじょぶ」

「気分とか悪くなったら、CAさんに言えよ」

「そっちこそ、途中で香田さんに操縦席から引きずり下ろされないようにね」

歩実は仏頂面のまま行こうとする。

「お前、わかってるだろうな」

元は真顔で言った。

「無事にホノルルに着いたら……」

「……着くに決まってるじゃない」

「そりゃ、着くに決まってるけど……」

元はめずらしく躊躇する。

「……けど、なによ？」

「ホノルルに着いたら……」

元は歩実に近づいて、短く囁いた。

「え……ばか」

歩実は赤くなった。

「じゃ、シップで待ってっから——」

元は思いを込めて言って、引き返した。歩実は緊張が解けてクスッと笑いながら見送った。

「着いたら、海で待ってるからねっ！」

歩実は元の背中に叫んだ。


「機長の香田です——」

ＡＮＡ１０５２便のキャビンでブリーフィングが始まった。

「本日は新海副操縦士の監査フライトを兼ねている。だが、そんなことは乗客にとっては関係のないことだ。いつもと何ら変わりのないパ――」

香田は畳みかけるように言いかけて、のり子と目が合い、一瞬言葉をのんだ。

「……いや、パーフェクトなフライトを目指すように」

のり子は香田を見てそっと笑っている。香田は困ったように元を促した。

「副操縦士の新海です。よろしくお願いします」

元は一礼した。

「お待ち申し上げておりました」

太田が言うと、ＣＡたちが口々に「お帰りなさい」と迎え入れた。

元は感動していた。ついにシップに戻ってきたのだ。


キーンとエンジン音が高まって、成田空港の滑走路でＡＮＡ１０５２便のタキシングが始まった。歩実は緊張気味に窓側の席に座っている。そっと、窓のシェードを下げて、ギュッと目を閉じた。

「……お姉ちゃん、怖いの？」

隣の席の小学生くらいの女の子がじっと歩実のほうを見ている。

歩実はハッとして、目を開いた。

「飛行機、怖くないよ。まゆかね、ハワイのおばあちゃんのとこに行くの、頑張ってるもん」

女の子はけなげに強がっている。

「……ありがと。そうだよね。怖くないよね」

歩実は隣の女の子に微笑んでみせた。


「オールニッポン1052、レディ」

元は離陸の最終チェックを終えた。

『オールニッポン1052、クリアード・フォー・テイクオフ』

懐かしい無線の声に香田が「テイクオフ」と告げる。

「ラジャー」

元は言った。機体が轟音をたてて夜空に離陸すると、元の目の前に星空が近づいた。空が近い。元は自然に笑みを浮かべていた。

「うわ……今日はクリアですね」

オーパイに切り替わると、元はほっと一息ついた。

「余裕だねえ、元ちゃん。監査フライトだというのに、星を語るとは」

ジェーンが後部座席で茶化す。

「いいじゃないですか。……楽しみにしてたんですから」

元は目を細めて星を眺めている。

「おいっ、星より、レーダーだ」

香田が厳しい声を飛ばす。

「はい。異常はありません」

元はレーダーに目を移した。

「……実は、今日、あいつが乗ってるんです」

元は言った。

「……このシップにか？」

「はい。生まれて初めてのフライトだそうです」

「そうか……」

香田は感慨深げにうなずいている。

「晴れてよかったです」

元はうれしかった。

「え？　なに？　あいつって誰？　まさか緒川歩実ちゃん？」

ジェーンが話に割り込んでくる。

「……ベルト着用サイン外します。キャプテン、アナウンスお願いします」

元が言うと、香田はインターフォンを切り替えた。

ベルト着用サインが外れ、歩実は座席でふうっと息をついた。隣のまゆかはぐっすり眠っている。そこへ、のり子がやってきた。

「ご気分はいかがですか？」

「はい。大丈夫です」

「何かあったら、すぐお声をおかけくださいね」

歩実はのり子に一礼した。そこへ、香田のアナウンスが聞こえてくる。

『ご搭乗のみなさまに、機長の香田より申し上げます。当機はハワイ・ホノルル空港に向け、これより約6時間の飛行を予定しております――』

歩実は香田のアナウンスを聞いている。

『いつもご搭乗いただいているお客様はもちろんのこと、本日が初めての空の旅となられるお客様にとっても、快適な旅となりますよう、安全を第一に運航してまいりますので、どうぞご安心くださいませ――』

香田はインターフォンを置いた。

「……何だ」

不思議そうに見ている元に香田がたじろぐ。

「いえ……」

「今日は春休みで観光のお客様が多い。客をリラックスさせるのもパイロットの務めだ」

「はい……」

「何よ？　なんか変だなあ。乗ってるのは香田ちゃんの女なの？　元ちゃんの女なの？」

ジェーンがすかさず茶化す。

「また、すぐそういう方向に……」

元は苦笑した。

「だって、結局はそれですよ、人間は。燃えなきゃ、男も女も」

ジェーンはニヤニヤした。


「お待たせしました。お魚のメニューでございます」

うららが歩実の席に食事を運んできた。

「お一人でハワイへご旅行ですか？」

うららはぶしつけにたずねる。

「まさか、新海さんについてきたんじゃないでしょうね？」

「……あなたに関係ないでしょ」

「……そうでした。じゃ、私、これから新海さんのところにお食事運ばなくちゃいけないんで——」

　うららは意地悪を言って、踵を返した。

その時、コックピットでは選択を迫られていた。レーダーが積乱雲を示している。

「どうする？」

香田が元にたずねる。

「旋回して避けるのは難しいですね。高度を上げて、雲の薄いところを抜けるほうがいいと思います」

　元が所見を言った。

「同感だ」

香田はうなずく。

「おうおう、一人前の判断ができるようになったじゃねーか」

　ジェーンが後ろで言った。


『しばらく揺れますので、席にお戻りください――』

香田の機長アナウンスを、のり子はコーヒーを運びながら聞いていた。

「席にお戻りください」

　うららはラバトリーに声をかけた。中年の男が出てきて、慌てたように席に戻った。ラバトリーでは男の忘れたシェーバーの充電アンプに水がかかっていた。

やがて、機体は積乱雲に突入し、激しく揺れ始めた。雷が2度3度と落ちる中、1052便は無事に積乱雲を抜けた。が、その瞬間、突然キャビンの灯りが一斉に消えた。前方のスクリーンやモニターも消え、キャビンは一転して暗闇に包まれた。

「おいっ、電気つけろよ」

「どうなってるんだ」

乗客たちが騒ぎ始めた。歩実は暗闇の中、青ざめている。隣のまゆかは目を覚ました。

「お客様、落ち着いてください。どうぞ、お席にお座りになってください」

のり子は笑顔で言って、うららや美和子に指示を送った。ギャレーのインターフォンを取ると、回線は生きている。照明だけが落ちたらしい。

「キャビンの照明が落ちました」

のり子はコックピットに告げた。

『えっ、照明が？　キャビンのどの部分ですか？』

元が言った。

「全てです。全部の照明が消えました。現在、キャビン内は全て真っ暗です。何も見えません――」

キャビン内は不平の声が渦巻いている。

『もしもし？　富樫さん、聞こえますか――』

「はい、聞こえます」

『コックピットの電源は保たれています。操縦も順調です。すぐに照明が落ちた原因を調べますので、キャビンをお願いできますか』

「わかりました――」

キャビンでは怒声が飛び交っている。CAたちが懐中電灯を持って乗客一人一人にていねいに対応していく。

「お客さまにお知らせいたします――」

のり子はインターフォンを切り替え、機内アナウンスを始めた。

「コックピットは正常に機能しております。飛行に支障はございません。今しばらく、そのままお席を立たずにお待ちください――」

歩実はじっと耐えている。思わずふるえそうになると、隣のまゆかがべそをかき始めた。

「この飛行機、だめなの？　まゆかたち、死んじゃうの？」

「大丈夫だよ、この飛行機には優秀なパイロットが乗ってるんだから。絶対守ってくれるって約束したから――」

歩実は女の子の手を強く握ると、勇気を奮い起こして立ち上がった。


「原因は何だ――」

香田は冷静にモニターを調べていく。ジェーンも一緒になって計器を調べている。

「さっきの落雷でしょうか」

元は計器類をチェックしたが異常はない。歩実がギャレーのインターフォンでコックピットに連絡を入れてきた。

『電子機器ルームを見てきます――』

歩実は整備士として居ても立ってもいられなかった。恐怖どころではない。

元はその間、頭上のサーキットブレーカーをチェックする。再び、歩実からインターフォンが入った。

『電子機器ルームは異常ありませんでした。サーキットブレーカーにも異常ないんですよね？』

「異常なしです」

『なら、原因はキャビン内にあるはずです。探してみます――』

歩実は気丈にも原因究明に動き回っている。元は原因をとらえあぐねていた。フライトオペレーションに問題がないとしても、照明が落ちた原因がわからなければ、計器の値さえ100％信じることはできない。

「このまま照明がつかないと、キャビンはパニック状態になる恐れがあります――」

元は香田に言った。

「原因不明のままでは、乗客に安全を信じてくれなんて説得できません。俺は自分の目で原因を確かめたいです。キャビンに行って原因を調べさせてください――」

「ダメだ。パイロットの仕事は操縦桿を守ることだ。原因究明はキャビンに任せなさい」

香田は首を振った。

「それはわかっています。でも、今、キャビンは真っ暗なんです。乗客は何が起こっているのかも、これからどうなるのかもわからないまま闇の中にいるんです」

「……」

「シップを動かしている自分たちが出ていって、原因を究明し、方針を告げなきゃ、納得してくれないと思います」

元は続ける。

「個人的なことですが……自分も怪我をしたとき、この先、どうなるかわからないときが一番苦しかったんです。どこへ向かうのか決めてからは、どんなにつらいことでも耐えられました」

香田は黙って聞いている。

「パイロットって、もともと水先案内人って意味ですよね？　だったら、操縦するだけでなく、乗客に道を照らすのも仕事じゃないでしょうか。――やらせてください、キャプテン。自分は、もし……これが原因で監査に落とされるなら、それでも構いません。また訓練センターに行ってやり直します――」

「――新海」

香田が口を開いた。

「キャビンにパイロットが出ていけば、それほど悪い状況なのかと、逆に乗客に不安を与える可能性もある。出ていくからには、乗客の不安をとりはらうまで帰ってくるな」

香田が許可すると、元は立ち上がった。

「内藤キャプテン、コーパイ席を頼んでもいいですか――」

元はコックピットを出た。懐中電灯を照らしながら歩いていくと、騒然としたキャビンの声が聞こえてくる。CAたちはパニックコントロールに集中している。元は緊張を高めながらキャビンに入った。

「おいっ、パイロットが出てきたぞ――」

「何ノロノロやってんだよ。さっさと電気つけろよ」

乗客が気づいて、ここぞとばかりに文句を言い始めた。元はそんな乗客を刺激しないよう、にこやかに冷静さを保って告げる。

「副操縦士の新海です。お客様にお知らせします。コックピットの電気系統は正常に働いています。安全上はなんら問題はありません。キャビンについても、これから私が責任を持って原因を調べますので、どうか今しばらくお待ちください――」

元が頭を下げると、ようやくキャビンは落ち着きを取り戻した。懐中電灯を照らしながらラバトリーの前まで来ると、かすかに焦げ臭い匂いがする。ドアを開けると、シェーバーが洗面台の水の中に落ちて、漏電していた。元はシェーバーを取り除いたが、照明は復旧しない。

「専門家に任せなさい」

歩実が現れた。

「ラジャー」

元はにやっと笑って場所をあけた。歩実は配電盤のパネルを開けて、配線を確認していく。

「悪かったな、こんな初フライトで」

元は詫びた。

「おかげで飛行機怖いのぶっとんだよ……。あ、ここだ」

歩実が指をさした。配線が切れている。

「断線か……。つなげられる？」

「工具があればいいんだけど、今日は持っていない。何か代わるものない？」

歩実がたずねると、元は首を振った。

「じゃあ、無理。つなぐことはできない」

「わかった。じゃ、原因が判明したことだけでも、キャビンに説明してくる——」

元は大急ぎでギャレーに戻り、インターフォンを取った。

「先ほどの停電は、化粧室の配線がショートしたのが原因でした。本来なら配線をつないで、すぐにでも照明を明るくしたいところですが、現在、この機内ではその作業を行うことができません」

客席から「えーっ」「ずっと真っ暗なの？」と不満の声があがった。

「乗務員が懐中電灯を持っております。手洗いその他、ご用の方は、どうぞ遠慮なくお申しつけください」

元が告げると、キャビンの不平の声は収まり始めた。

『ご迷惑をおかけして、まことに申し訳ありませんでした――』

キャビンのアナウンスが終わると、今度は香田の声がスピーカーから聞こえてきた。のり子は耳をすます。

『先ほど、新海副操縦士がご説明しました通り、フライトそのものには何ら問題はございませんので、どうかご安心ください――』

客はようやく落ち着きを取り戻した。歩実もふとため息をつく。アナウンスは続く。

『皆様、よろしければ、シェードをお上げください。まもなく夜が明けます。東の空から鮮やかな朝陽が昇るのをご覧いただけると思います――』

その言葉を聞いて元は胸を熱くした。のり子は思わず涙ぐむ。乗客たちは次々にシェードを上げた。暗闇の向こうから夜明けの光が射し込んでくる。光とともに、キャビンは安堵の空気に包まれた。自然と拍手が沸き上がる。

歩実は席に戻り、窓からの夜明けを見つめた。涙があふれそうになる。

目の前に、この世のものとは思えないくらいきれいな、真っ青な空が広がったのだ。

『絶対、俺が乗せてやるよ。そいで、すっげー、きれいな空、見せてやる。――ずるいよ、これってくらい、きれいな空。絶対――』

元はいつかの約束を果たしてくれた。歩実は大空の光景に心を奪われていた。

「キャビン、なんとか落ち着きました」

元はコックピットに戻った。

「今度はコックピットを頼みますよ」

ジェーンがコーパイ席をあけた。

「はい」

元は座った。コックピットの前方にも夜明けの光景が広がった。

「やっぱ、ここから見る太陽は最高ですよね」

元は言った。

「ああ……。きれいだな——」

香田の顔に自然な笑みが浮かんでいる。

元はまぶしそうに、朝陽と香田の笑顔をまっすぐに受け止めていた。


ＡＮＡ１０５２便はホノルル上空に差しかかった。高度を下げると、眼下に真っ青な空と真っ青な海が見えてくる。やがて、元の目の前に滑走路が飛び込んできた。

「気を緩めるな。最終チェックのランディングだ」

香田が言った。

「ラジャー」

元は操縦桿を握った。

「プッシュ・アプローチ」

元は着陸態勢に入った。

「アプローチング、ミニマム」

「チェックト」

「ミニマム」

「ランディング」

シップはうなりをあげ、元はスラストレバーをしぼっていく。ホノルル空港の滑走路に１０５２便が着陸した。

美しく優雅なランディングに、歩実は微笑みを浮かべていた。


「ありがとうございました」

のり子や太田、ＣＡたちが搭乗口に立って乗客を見送っている。やがて歩実が出てきた。

「お疲れさまでした」

のり子は微笑んだ。

「そちらこそ、お疲れさまでした」

歩実はのり子やうららたちと目線を交わし、歩いていく。

「シップOKです。お疲れさまでした」

コックピットでは元と香田が着陸の確認作業を終えた。

「お疲れさまでした」

元は香田とジェーンに声をかける。

「いや、疲れなかったよ、俺――」

ジェーンが晴れやかに微笑んでいる。

「いいもの、見せてもらいました」

「は？　なんすか、それ？」

元は首を傾げた。

「邪魔者は退散しまーす」

ジェーンは元気よくコックピットから出ていく。

「……気持ち悪いこと、言わないでくださいよ」

元は苦笑した。

「監査結果を発表する」

二人だけになると、香田が厳しい表情で告げた。元に一瞬緊張が走る。

「……おめでとう。合格だよ。明日も、このまま乗務だ」

香田が満足そうに笑う。

「はい。頑張ります」

元は笑顔で一礼した。喜びがあふれてくる。これで、本当に復帰できるのだ。

「それにしても、とんだ監査フライトでしたね。まさかキャビンの照明が落ちるなんて……」

「そうだな。君の知らないことは、まだまだあるということだ」

「わかってます……」

元はその先の言葉を待った。

「しかし、俺にも知らないことはたくさんある……」

「……？」

「今日のフライトでお前が監査に落ちるような状態だったら、俺はパイロットを辞めようと思っていた。しかし、今日のお前の姿を見て、俺は思い直した。……俺の責任のとり方は間違っていたよ。……責任をとるということは、自分でエンドマークをつけることではない。未来に向かって生きていくということだ——」

元は香田の中で何かが変わったことを感じた。

「今日、お前と一緒に飛んで、初めて空を飛んだときのことを思い出したよ。空を飛ぶのが楽しいってことを——」

香田が愉快そうに目を細める。

「じゃあ、合格ですね。空の人間として、俺が合格あげますよ」

元は笑った。香田も照れたように笑って、少し沈黙してから言った。

「——ありがとう」

元は同じ世界を生きる香田に、通い合うものを感じていた。


元と香田がそろってキャビンに入っていくと、のり子が待っていた。

「お疲れさま。清掃は配線修理のため、ドックインしてから行われるそうです」

のり子は告げた。

「了解」

香田は涼やかな顔で答えた。

「監査フライトの結果は？」

のり子は元にたずねた。

「あ……何とか、合格いただきました」

「ホントに!?　おめでとう！」

「これからも、よろしくお願いします」

のり子は微笑みながらうなずいた。

「あ、じゃあ俺、先行きますんで——」

元は香田に告げ、一礼して出ていった。香田とのり子は元の元気な後ろ姿をにこやかに見つめる。

「ご苦労さま。大変だったわね」

のり子がねぎらった。

「いや、……確かに疲れたよ」

香田は誰もいないキャビンのシートに座った。

「どこに行く――?」

香田は唐突にたずねた。

「その……。旅行に出たいと言ったじゃないか」

「あら、一緒に行ってくれるの?」

のり子はとぼけている。

「誘っておいて何を言う」

香田はガラにもなく照れている。

「そうねえ……どこがいいかしら」

のり子はふふっと笑って香田の隣のシートに座った。

「上海はどうだ?」

香田がぶっきらぼうに提案する。

「近すぎるわ」

のり子は却下した。

「じゃあ、ニューヨークか」

「今月は3回も行った」

「じゃあ、パリ」

「前の路線のとき、よく行ったからなぁ」

「……じゃあ、どこがいいんだ？」

「そうね……ロンドンもよく行ったし、バンコクはいい思い出ないし……うーん……ゆっくり考えましょう」

香田はのり子のわがままに苦笑している。

「だって、まだまだ時間あるでしょう、私たち？」

「ああ」

のり子は香田の肩にもたれた。

「ストックホルムなんていいけど……でも寒いのよね……北京は今、黄砂だし……」

のり子は明るく言いながら、涙ぐんだ。香田はのり子の肩をそっと抱いた。

二人はそのまま、誰もいないキャビンに静かに座っていた。窓の外にはハワイの青空が広がっている。二人の間にようやく穏やかな時間が訪れた。


元はホノルル空港の到着ロビーにフライトバッグを引いて出た。行き交う旅行客の中を、歩実を探して歩くが、見つからない。

「なんだよ、あいつ……」

探し疲れ、元はひとりごちた。メインロビーの手すりにもたれる。――その時、ふと歩実の言葉を思い出した。

『――海で待ってるからねっ！』

元は早足で駆けていった。


歩実は空港近くの海岸をひとりで歩いていた。

「――おいっ！」

元が歩実の後ろ姿に声をかける。

「お前、どこにいんだよっ！」

「だって、海って言ったじゃない」

歩実は振り向いて笑っている。

「普通、到着ロビーだろ」

「普通、海でしょ」

「可愛くねえな、ほんと」

元は歩実に追いついた。

「……お前さ、ここ、右も左も海なんだぞ」

「フフ。でも、会えたじゃん」

「うん……やっと着いたな」

二人は見つめ合って笑った。

「……受かったんだ、監査？」

「なんで？」

「わかるよ、ひとりですごいうれしそうだから」

歩実の顔もうれしそうに輝いている。

「……おめでと」

歩実はぎこちなく言った。

「なんか、心こもってなくない？」

元は意地悪くからかう。

「そうかなー？」

歩実は笑いながら、ビーチを歩いていく。

「よかったな、飛行機、乗れて」

元はふと立ち止まって言った。

「まあね」

歩実は得意げに笑っている。

元は制帽を脱ぎ、ふざけて歩実の頭に被せた。歩実は笑って帽子のつばから元を見上げた。

元はそっと顔を近づける。が、帽子のつばにおでこがあたってしまう。歩実はクスッと笑った。

「……笑うなよ」

「だって……」

歩実は笑いながら、逃げるように後ずさった。

「笑うなって」

歩実は笑いながら逃げていく。元は追いついて、ちょっと乱暴に歩実を抱き寄せた。

元は歩実の帽子を取って、約束のキスをした。

二人の頭上に、真っ青な空が広がっている。

飛行機がまた一機、銀色のボディを光らせながら飛んでいった。


——GOOD　LUCK!!

GOOD LUCK!!

2003年1月19日～3月23日
毎週日曜日午後9時より　TBS系全国ネットで放送

［スタッフ］

脚本――井上由美子
プロデュース――植田博樹／瀬戸口克陽
演出――土井裕泰／福澤克雄／平野俊一
主題歌――山下達郎『RIDE ON TIME』
音楽――佐藤直紀

［キャスト］

新海 元――木村拓哉
香田一樹――堤 真一
緒川歩実――柴咲コウ
深浦うらら――内山理名
朴 美淑――ユンソナ

原田美和子――加藤貴子
阿部貴之――要 潤
緒川香織――市川実和子
安住龍二郎――安住紳一郎
新海 誠――中尾明慶
島村孝司――天野浩成

稲垣千佳――佐藤康恵
庄司恭子――植松真美
堀田ちよみ――岩堀せり
紀田ひろ子――畑田亜希
片瀬まひる――西山繭子
真壁桂子――岡あゆみ

ゲスト出演
水島公作――岩城滉一
伊藤敦夫――平泉 成
相馬るり子――西田尚美
熊川哲也――熊川哲也

牛島ミサ――石田えり
山上達生――柴 俊夫
成見 勝――石黒 賢
北村乗務本部人事部長――小野武彦

新海良治――いかりや長介（特別出演）

内藤ジェーン――竹中直人（特別出演）

太田健三郎――段田安則
富樫のり子――黒木 瞳

この本はＴＢＳ系連続ドラマ「ＧＯＯＤ　ＬＵＣＫ!!」の脚本をもとにしたノベライズです。

井上由美子（いのうえ・ゆみこ）

兵庫県神戸市生まれ。立命館大学卒業。1991年、脚本家としてデビューし、「熱の島で」「むしの居どころ」（NHK）などで芸術作品賞・放送文化基金賞・ギャラクシー優秀賞等を受賞。以後、文化庁芸術選奨新人賞（96年）、橋田賞（99年）をそれぞれ受賞。主な作品に「きらきらひかる」「タブロイド」「忠臣蔵1/47」（CX）、「ひまわり」「北条時宗」（NHK）などがある。

GOOD LUCK!!《グッドラック》

2003年3月22日　第1刷発行

原作――――――――井上由美子
ノベライズ――――――吉野美雨
発行者―――――――石崎 孟
発行所―――――――株式会社マガジンハウス
〒104-8003 東京都中央区銀座3-13-10
電話 販売部 03(3545)7130
　　 編集部 03(3545)7030

印刷・製本所――――株式会社光邦
出版コーディネートーTBS事業局メディア事業センター

ISBN4-8387-1442-4 C0093

Key words for GOOD LUCK!!

GL用語集 ➔ ノベライズを読む時に役立ててね!!

シップ
Ship

飛行機のこと。

パイロット／運航乗務員
Pilot

飛行機を操縦する機長（キャプテン）および副操縦士（コー・パイロット）のこと。B747-400型ではこのふたりがチームとなって操縦を行うが、長距離の場合は交代要員が同乗する。

CA／キャビンアテンダント
Cabin Attendant

一般的にはスチュワーデスと呼ばれる客室乗務員のこと。機内でのサービスが主な仕事と思われがちだが、乗客の安全を常に確保する保安要員としての役割を担っている。

パーサー
Purser

国際線における各クラスのコーディネーター。ファースト客室乗務員資格を有する。状況に応じて、さまざまな対応を迫られるサービスの要。なお、フライト全体の責任者がチーフパーサーである。

ディスパッチャー／運航管理者
Dispatcher

パイロットと二人三脚で飛行機を安全に就航させる役割を担う。主な業務は飛行計画書の作成と航行中の飛行機支援。飛行ルート、天候情報などパイロットはこのディスパッチャーから情報を得る。

航空機整備士
Mechanic

整備士は航空機と各部品の諸機能を維持するため、各部門に分かれ、日夜整備、点検にあたっている。飛行前の点検も整備士によって入念に行われ、飛行機は確認整備士のサインがなければ出発できない。

キャビン
Cabin

機内あるいは客室のこと。

ギャレー
Galley

機内で乗客に食事や飲み物などを提供するための厨房。ここには機内食を入れるカートや料理を温めるオーブン、圧縮式ゴミ処理機などがある。

ハンガー／格納庫
Hangar

航空機の安全運航に欠かせない施設で、定期的な整備作業などはここで行われる。ハンガーにはさまざまな配線配管があり、部品倉庫、工具室なども配置されている。飛行機の入る場所はドックと呼ばれる。

OCC
Operations Control Center

世界中を飛んでいる国内線国際線すべての飛行機を、あらゆる面から管理統括する部署。

ブリーフィング
Briefing

打ち合わせのこと。機内では乗客を案内する前に乗務クルー全員が集まって実施される。

ショウアップ
Show up

出社すること。

アロケーションチャート
Allocation Chart

客室乗務員の機内ポジションが記載されたもので、乗務前に手渡される。ポジションはそれぞれ航空機のドアの位置で表し、機体左側前方からL1、L2…、右側は同様にR1、R2…となる。チーフパーサーは必ずL1ポジションにつく。

ボーディング
Boarding

搭乗。搭乗ゲートが開き、乗客が機内に乗り込むこと。

ダイバート
Divert

飛行中の航空機が天候不良、空港使用上の制限、緊急事態の発生などのため飛行を続けられなくなった場合に、目的地以外の空港に着陸すること。ただし、出発地空港に引き返した場合はエアターンバック（Air Turn Back）という。

操縦桿
Control Column

前後左右に動かして、機首を動かしたり、機体のバランスをとったりする、操縦のための重要な装置。

スラストレバー
Thrust Lever

自動車のアクセルペダルに相当する装置で、機長と副操縦士の間に設けられている。

写真・天日恵美子　取材と文・瀧井朝世／高野玲子　協力・TBS／全

SPECIAL SHOOT BY TAKUYA KIMURA

コックピットの撮影のときって、さっき言ったアドバイザーの吉田さんが、ここでは窓からこういう景色が見えます、こういうものが目に飛び込んできます、計器はこんなふうに動いていますって事細かに説明してくれて、画面に映らないところまで本当に忠実に再現されている。でも、これを言うとなんだけど、実際は地面から１ミクロンも上がってないわけだから。そんな中で、飛んでいる状態をイメージしながら空に浮いているときの演技をしていると、やっぱり「飛ばしてみてぇ！」って思うもん。吉田さんのように本物を語ってくれる人と一緒に、本当にその場所に行ってみたくなる。

今回この『GOOD LUCK!!』というドラマをやっていて、新海流に言うと、普段歩いていても、尾翼の青い飛行機が空飛んでるとぶっちゃけ気になる。他の機体だと別に何とも思わないんだけど、全日空の機体が飛んでると「おっ」って見たりする（笑）。今となっては、彼らは自分にとってすごい身近な存在。

だから彼らはアドバイザー、俺らはキャストっていう壁は俺の中には一切ない。逆に現場で彼らに会うと、受け入れざるを得ない自分がいるし、受け入れざるを得ないぐらい相手に魅力がある。それはホント感謝してます。半分巡り合わせ的なことになっちゃうけど、このドラマと出会えたことはすっげーラッキー。

今回は特に、周りのスタッフや、共演者や、全日空のアドバイザーの方々が、最高のシチュエーションを用意してくれて、すごくコンディションのいいピッチで試合をさせてもらっている感じだから。それはホント広い意味で、めちゃくちゃツイてると思う。

特にありがたいと思うのは、協力してくださっている全日空のスタッフの皆さんと、テレビ側のスタッフのビジョンがけっこう近かったり、制作意欲の熱さが共に似たような温度だったりすること。

下手したら出演者よりもスタッフよりも、テクニカルアドバイザーとして参加してもらっているキャプテンたちのほうが、真剣に見てくれて、真剣に批判してくれたり称賛してくれたり。

このドラマは一つ一つの言葉や動きの背後にも、いろいろな意味やメッセージが込められているんです。やっぱドラマの枠を超えて言いたいことというか…表現したいことってあるじゃん。役から離れた状態で、例えば9.11のテロのことだったりとか、他にもいろいろと。でもドラマである以上、当然いろいろな規定や制限があるわけで。それを今回はギリギリのところで、できる限りいろんなメッセージを詰め込んでやらせてもらってる。それは自分だけじゃなく、他の出演者やスタッフにしても、協力してくれている全日空の人たちにしても。

今回、吉田晴彦さんという現役パイロットの方がテクニカルアドバイスをしてくれたんだけど、その吉田さんにしても、CAや整備のアドバイザーの方々にしても、指導する根本に皆、ちゃんとマインドがある人たちだから。ただ単に「こういうときはこのレバーを引いてください」「ここではこのボタンを押してください」というだけじゃなしに、根底にその人なりに伝えたいことがしっかりある。

それはプロ意識だったり、もっと手前の、本当に道徳的なことだったり、ね。飛行機の操縦ひとつにしても、人として大切なことがちゃんと根底にあった上でのボタン操作や、レバーの握りだったりするわけで。俺も聞いていて、本当にその通りだなと思うし。

INTERVIEW

普段歩いているときも、尾翼の青い機体を見るとぶっちゃけ気になる。

「パイロットの役を演じるためにどんな勉強をしましたか?」ってことはよく聞かれるけど、勉強はほとんどしてない。航空雑誌をめくったり、活字を読んだりするよりも、実際に飛んでいる人間の目を見て聞いたほうが100倍楽しいし、内容も100倍あるから。

それを聞いて、自分も実際に飛行機の免許を取りたいかというと、そこは微妙。

DATE
2003 / 2 / 23

LOCATION
DAIBA

WEATHER
CLOUD

INTERVIEW

KIMURA TAKUYA
新海元こと木村拓哉さんにお話を伺いました。

新海元っていう男は、自分から見ても今どき珍しい男。それは父親の影響だったり、育った環境がすごく影響していると思うんだ。ただ、変にそれだけが強調されると、皆がよく言う"型破り"っていう表現を当てはめられがちだけど、けっしてそういうことではなくて…。

まぁ、どんなところが今どき珍しいかは、俺が言うより実際にドラマを見てもらったほうがわかると思うけど(笑)。俺は脚本家の井上由美子さんが一つ一つ用意してくれた設定の中でのリアクションというか、ほとんど反射に近い状態でいつも新海を演らせてもらってます。

井上さんの脚本は、読んでいて映像をすごくイメージしやすい。現場で物事が一番スムーズに運ぶのは、スタッフも役者も含めて全員が一つの台本から、それぞれ同じ景色を見ているときだと思うんだ。井上さんの台本は特にその割合が高い気がする。でも、ときどき回線がプツンって切れて、読んでいてまったくわからなくなるときもあったけど(笑)。そういうときはテレビの調整と同じように、自分の中でトラッキングを合わせる作業を現場でやったりね。

俺の中で台本っていうのは建物を建てるときの最初の設計図というか、いわば青図みたいなもの。ドラマをやるときはその青図を毎回楽しみに待って、届いたらまず自分の中である程度理解した上で、現場でスタッフや共演者と一緒に具体化していく。その作業はやっていて本当に楽しいし、難しくもある。

INTERVIEW

一つ一つの言葉や動作に、たくさんのメッセージが詰め込まれている。

建物を建てるときって通常「この土地にはこの大きさの建物しか建てちゃいけません」っていう建ぺい率があるじゃない。でも俺らの現場サイドとしては、届いた青図に対して「その建ぺい率を絶対にぶち超えるぐらいまで作り上げようぜ！」っていうテンションでいつもやってるから。その上で最後に、編集やら何やらでいろいろ調整してその枠内に収まるように整えるわけだけど、このドラマは結果的にも隣近所に文句を言われない範囲で、その敷地内に建てられるギリギリ最大限のものを作ってこられていると思う。

KIMURA TAKUYA INTERVIEW
本人撮り下ろしポラつき!

ほかにお店といえば、クルーたちがよく訪れるバー『Eagle』。成田空港の近くにあるという設定のこのお店、実は緑山スタジオのセット。アーリーアメリカン調の店内をよく見渡すと、飛行機の模型や操縦士たちの写真パネルなどが飾られ、コースターにも飛行機の計器がデザインされています。細かい！　ちゃんとメニューもあり、飲み物はかなり充実。食べ物も、ピリ辛チョリソー¥500、地中海風サラダ¥500…と、なかなかリーズナブル。ちなみにこのスタジオ前ではよく、木村さんが愛用のギターをポロポロと奏でている姿が見受けられます。

もちろん、実際のお店を使うことも。例えば、第1話で元とのり子が食事するシーンは、赤坂にある高級ローストビーフのお店で収録されたものです。

DATE
2003 / 2 / 15

LOCATION
HANEDA

WEATHER
FINE

本日のロケ地は羽田。滑走路では、遮るものが何もないので、冷たい風がもろに吹きつけます。整備士姿のコウちゃんも、つなぎの下に着込んでいるんだけれど、本当はかなり寒いのでは？　スタッフも、ちょうどこの時期、次々とインフルエンザで倒れていったのでありました…。

本日、屋外の撮影では元の愛車が登場。国内メーカーの四駆です。これ、海外に行った友人から元が借りているもの、というウラの設定があるんですけど、そんなこと、スタッフも半数以上は知らないんじゃないかな…。

ちなみに歩実が乗るバイクは、バイク好きの植田博樹プロデューサーが情熱を注いだ1台。YAMAHAのSR400という車種なのですが、ハンドルの位置や長さ、タンクの形など、あらゆるパーツをカスタムしちゃいました。なので、原型がSR400と気づいた人は相当なマニアです。それを乗りこなす歩実もスゴイ！　ただし、コウちゃん自身は、実はバイクには乗れないんですけれど…。

PRODUCTION NOTE

DATE
2003 / 2 / 7
LOCATION
HANGAR
WEATHER
CLOUD

キャビンやハンガーのシーンでは実際の飛行機が登場。本日のハンガーの収録では、コウちゃんの機上での整備シーンを収録。下を見て身震いした彼女、プロ根性でクールな表情で本番をこなしたあと、ふか〜くため息ついてました。彼女のセリフにある「ハンガー内ではボルト1本なくなっただけで、徹夜で探す」は本当です。だから撮影も気を使うんです。スタッフも全員ヘルメット着用。その光景を見て木村さんは「なんか、熱い感じがしていいよね」。…心は熱くても、ハンガー内は極寒！　火気厳禁のため暖房が使えず、深夜になると体の芯まで冷え込みます。一晩中この寒さの中、飲まず食わずで撮影が続くことも…。

DATE
2003 / 2 / 10
LOCATION
RESTAURANT
WEATHER
RAIN

元と歩実がよく訪れる、お好み焼き屋でのシーンの撮影。店内はセットですが、外観は、元と歩実が住む佃近辺に実在するお店のもの。実際にはお好み焼き屋ではないので、看板だけ取り替えて撮影されているんです。

収録は夕方からスタート。話しかける元を無視して、ひたすらパクパクとお好み焼きを食べ続ける歩実。コウちゃん、口いっぱい頬張って、実に見事な食べっぷり。…と、休憩時間になっても、まだ食べ続けてます。どうやら、本当にお腹がすいていたようで…。

あれは実際に、日本折り紙ヒコーキ協会の会長をわざわざ広島から(！)呼び寄せて、現場で指導してもらったものです。こんな細部にも、スタッフたちは手を抜きません。

元が住むのはこの佃の、超高層マンションの3階。ロフトつきの部屋で、家賃は18万円前後という噂。室内はセットですが、「自然派である元が、たまたまいいな、と思ったものを置いていってできた部屋」というイメージで作られました。米軍払い下げの1点もののチェスト、潜水艦で使われていたという、揺れても中のものが飛び出さない構造の本棚など、ディティールにもこだわってます。

ところで、元の実家の『つり幸』は、羽田近くに実際にある釣り船屋さん。外観はもちろん、家の中も現場ロケです。第5話で親子で船に乗るシーンの収録では、木村さん、撮影しながら5匹も釣ってました。さすが！

FLIGHT RECORD

夢があって、希望があって、愛がある。それが画面からにじみ出ているドラマです。

黒木 瞳

KUROKI, Hitomi

このドラマで一番いいなって思うのは、夢があって希望があって、そして愛があるところ。視聴者としてテレビを見たときに、それらが登場人物の一人一人から音楽から、にじみ出ている。そこが、とても好きです。

富樫のり子については、彼女は確かなキャリアを持っていて、仕事ができる女性という核はあるのですが、それだけなく、私なりに人柄を出したくて、最初は試行錯誤しました。でも撮影していく中で、結婚しないで仕事をしてきた彼女の感じることがだいぶわかるようになってきて…。多分、仕事に対しても愛に対しても、とても真面目に向きあう人なんだろうな、と思ったり…。それに加えて、香田さんや元さんに影響されたり、CAの方に活力をもらったりして、のり子の人間像への想像を膨らませながら、楽しんでお芝居しています。

撮影はやはり大変です。でも、当たり前のことですけれど、ひとつの作品をみんなで作っていく、というそれぞれの気持ちが、とてもいい雰囲気をかもし出しています。自分もそこに参加しつつ、オンエアを見ることも、毎回とても心待ちにしています。

PRODUCTION NOTE

DATE
2003 / 1 / 24
LOCATION
NARITA
WEATHER
CLOUD

本日の撮影場所は成田空港。早朝と夕方は混雑するため、比較的人の少ない昼間に撮影が行われます。木村さんがパイロットの制服姿で出発ロビーに登場。第1話を成田で収録したときにはオンエア前ということもあってか、周囲にほとんど気づかれなかったそう。どうやらホンモノのパイロットと思われたらしい。今回はさすがに注目あびてます。

ところで、機長と副操縦士では制服に違いがあるのをご存じですか？　機長には制服の袖や肩章に金のモールが4本、副操縦士は3本。ちなみに副操縦士をコーパイと呼ぶのは“Co-Pilot”の略。コーパイになるには、訓練と地上勤務期間を含め4年ほどかかり、さらに機長になるには、まず最低6年の乗務と3,000時間の飛行経験でライセンスを取得、ANAの場合さらに数年の乗務経験後に昇格…長い！

DATE
2003 / 1 / 27
LOCATION
TSUKUDA
WEATHER
FINE

本日は元や歩実が住んでいる、佃でのロケ。リバーサイドであることや、下町っぽさが残っているところが、二人の住む町として選ばれた理由。第2話で謹慎処分中の元が子供たちに紙飛行機の折り方を教えるのも、このあたりです。「両羽根の角を、少し折り曲げて風をはらむようにしておく…」なんて、元が子供たちに教える紙飛行機の極意、

極寒の外ロケ（手前、音声さんの厚着っぷりに注目！）。でも、リハーサルは容赦なく何度も何度も繰り返されるのです。

すれ違う一瞬に、短い言葉を交わすシーン。リハーサルの合間も、セリフを小声で繰り返して、タイミングをチェック。

冗談を連発する堤さんに、木村さんも大ウケの様子。けれど、役に入った途端、雰囲気は豹変。さすがに役者です。

遊びに来ていた兄妹（スタッフのお子さん）と。お兄ちゃんが持っていた石で「日本列島の形にしてみ?」とクイズ。

REPORTAGE

DATE 2003 / 2 / 23

LOCATION DAIBA

DATA

第７話の撮影現場に潜入！ この日はお台場のビルでの早朝ロケです。

ベテラン機長山上が最後のフライトを終えて、職場を去るシーンです。繊細な演技が要求される場面直前の木村さん。

スタッフや柴咲コウさんと。出演者とスタッフの垣根を越えた、チームとしての一体感もこのドラマの特徴でした。

本番直前の光景。柴俊夫さんも木村さんも、すっかり山上キャプテン&新海副操縦士の顔に。現場の緊張も一段とアップ。

本番前、離れた場所でひとりコーヒーを飲む木村さん。現場では熱い演技、緊張の合間にクールダウンが繰り返されます。

自分が手を離すときに「You have」と言い、相手は操縦桿を握って「I have」と伝えます。撮影現場では、スタッフたちが面倒なことを人に押しつけたいときに「You have」と言い切ってしまうのが、流行ってます。ほかに現場でよく使われる言葉は、「ぶっちゃけ」、そしてもちろん、「GOOD LUCK!!」です！

撮影の合間には、木村さん、堤さん、そして吉田さんがにぎやかに談笑。パイロット話に花が咲いています。さらに、本日は吉田さんが以前海外で買ってきて、今まで使う機会がなかったというダーツが持ち込まれました。実は木村さん、大のダーツ好き。すっかり盛り上がってダーツ大会開催！　そんな和やかな彼らを見て、スタッフは思うのでありました。「おふたりは、一体いつセリフを覚えているんだろう??」…いやホント、不思議です。

FLIGHT RECORD

決して気を抜かない整備士の姿、
すごく勉強になりました。

柴咲コウ
SHIBASAKI, Kou

いつもその場の雰囲気でポンとやっちゃうタイプなんですけれど、今回、台本を読んでも歩実のことは、どうすればいいのかなかなかわからなくて、難しかった。それでも、日曜日に家でテレビ見ると、素直に、面白いなー、って思うんです（笑）。

私は整備士の役ですが、これまでその仕事を意識したことがなかったんです。でも実際の整備士さんが「ドラマだからっていい加減にしないでね。ちゃんとやんないとケガするよ」って、すごく丁寧に指導してくださって、あ、自分はナメてたな、って反省した。演技だけじゃなくて、そういう部分でも、すごく勉強になりました。

現場はすごくいい雰囲気。楽しいですよ。時間もないし、スタッフもみなさん寝てないはずなのに、なぜか穏やかでいられる。もちろん緊張感もあるし、自分を追いつめちゃうところもある。それが成果となって画面に表れているといいんですけれど。

それと私、飛行場とかお好み焼き屋のシーンばかりなんです。最終回には、おしゃれなレストランでのデートシーンとか、ないですかね…（笑）。

PRODUCTION NOTE

DATE
2002 / 12 / 29

LOCATION
OFFICE

WEATHER
CLOUD

本日はディスパッチルームでの撮影。パイロットたちがフライト前にフライトプランの打ち合わせをするあの場所は、緑山スタジオで収録。撮影前、コチコチに緊張していたのは安住紳一郎アナ。その横で鼻歌まじりの竹中直人さんは、本番でアドリブを連発、OKが出た瞬間に噴き出す木村さん。でもご本人はなぜか「うーん、いまいち今の（アドリブ）は面白くなかったなー」と反省。竹中さん、今のは別に、笑いをとるシーンじゃないですってばー。

オフィスのシーンはほかに、実際のANAのCAルームや、お台場の某所でも撮影されています。ちなみに、キャビンでのシーンは、実機での撮影ということもあり、エキストラをANA社内から一般公募で募集しています。つまりは役者さん以外、みんなホンモノなんです！

DATE
2003 / 1 / 6

LOCATION
COCKPIT

WEATHER
FINE

本日はコックピットでの撮影。全日空の現役パイロット、吉田晴彦さんの指導を受け、機器の扱い方をしっかり覚えた堤さんと木村さん。自信たっぷりに「指示さえしてくれれば、オレたちもう、飛行機が飛ばせるよな」って言ってます。そんな二人がコックピット内でよく交わすやりとりが「You have」「I have」。飛行中は機長、副操縦士のどちらかが操縦桿を握っていなければならず、その確認のため、

DATE
2002 / 12 / 27

LOCATION
HANEDA

WEATHER
CLOUD

早朝よりタイトルバック収録。撮影場所はハンガー（格納庫）です。元が飛行機を通していろんな人と出会い、成長していくイメージを表現するのに最適な場所として選ばれました。まず、元が機体の上にいるシーンの撮影。このショット、初めてハンガーを訪れた日、翼の上で作業する整備士さんを見た木村さんの「あそこの上に乗ってみたい」…そのひと言から生まれました。気持ちよさそうに機上で寝転がる木村さんを、長さ22mの巨大クレーンで撮影。

使用したのは待機状態にある飛行機でしたが、撮影当日、急きょその機が、昼過ぎに上海に飛ぶことに。終了予定を夕方からお昼に繰り上げ、全員フル回転で撮影、なんとか終了。ついさっきまで使っていた巨大な機体が、大きなエンジン音をたてながら目の前でフワリと飛び立つ姿に、みな圧倒され、言葉もなく立ち尽くして見送ったのでした…。

FLIGHT RECORD

“サイボーグ”を演じるのは、なかなかキツイものがあるんです。

堤 真一
TSUTSUMI, Shinichi

第１話の香田のセリフに「フライト時に風邪をひくようなことがあったら、パイロットを引退する」とあるのですが、僕自身、いきなりクランクインの日にインフルエンザで高熱を出してしまって。なんだか幸先悪かったですよね(笑)。まあ、すぐに回復したので現場に迷惑かけずにすみましたが。

香田は“サイボーグ”と呼ばれるほど冷徹な男。それをどう表現するか、ずいぶん考えました。感情をこめず、周囲に流されないよう役作りするのって、結構キツイですね。竹中さんと一緒の場面は、彼のアドリブ聞くと、香田ではなく素の自分に戻ってしまうので、なるべく目を見ないようにしていました(笑)。

木村さんとは２度目の共演です。本番以外のところでは、いつもしゃべりまくってふざけあってますよ。彼はいつも現場の雰囲気をよく考えてくれているんです。

もうすぐ最終回。この自分に厳しいキャラが変化するのかなと思う半面、最後に香田が急に「ハア〜イ」なんて言ったら、やっぱり、ちょっと変ですよね(笑)。一体どうなるのか…僕自身も楽しみです。

PRODUCTION NOTE

DATE
2002 / 12 / 13

LOCATION
HAWAII

WEATHER
FINE

第１話の冒頭シーン撮影のため、木村さんは20時発の飛行機にて、一路ハワイへ。国際線のパイロットという設定にリアリティをもたせようという、こだわりの海外ロケです。前週はホノルルマラソンが開催され混雑が予想されたので、１週ずらしての３泊５日となりました。

早朝に到着した木村さん、空港からワイキキへと向かう車の中で、快晴の空を見上げてボソリと「やれるな」。え？ 何が？ と思っていたら、ホテルに着くなり、午後からの撮影にそなえ仮眠をとるスタッフたちを残し、一人ビーチへ直行。わずかな時間も惜しんで、サーフィン！ 海から上がってきた木村さんの、笑顔のさわやかなことったら。

休憩もとらずに収録へ。疲れも見せず、ビーチを、市内を、空港を、ひたすら走る、走る、走る。海岸ではカメラは遠くにセットしていたため、道行く人は撮影と気づかず、猛スピードで駆け抜けていく姿を見てもう、あ然。裸足で全力疾走して、足の親指を切ってしまっても、自分で手際よく手当てをし、再び走り出す木村さん…。

その後、岩城滉一さん扮する先輩パイロットとのシーンも、終始和やかな雰囲気のなかで進行。撮影の合間のおふたりの話題は、やっぱりサーフィンなのでした。

PRODUCTION NOTE

GOOD LUCK!!

この“型破りなドラマ”に隠されたエピソード

連ドラというジャンルに定型ができつつあるとしたら、
これは明らかに、その常識を超える挑戦でした。
キャストの布陣も、舞台も、リアリズムの追求も。
もう同じような試みはあり得ないと業界内で噂される、
“お化けドラマ”の内幕はぜひとも覗いておかなくては!?

DATE
2002 / 12 / 9

LOCATION
WESTIN HOTEL TOKYO

WEATHER
SNOW

恵比寿のウエスティンホテル東京にて制作発表。あいにくの大雪にもかかわらず、会場は大勢の報道陣で埋め尽くされました。そして、出演者たちがそれぞれの役衣裳に身を包んで登場。ズラリと並んだ光景は圧巻です。「本日はご搭乗いただきましてありがとうございます」という木村さんの第一声にはじまり、それぞれが意気込みを語ったのでありました。「タイトルの持つメッセージが、自分の中だけではなく、見ている方に伝わっていけばいいな、と思います」と語る木村さん。シメのコメント「出演者、スタッフ一緒になって、誰よりも現場を楽しんで、いい作品を作りたいと思っています。待っていてください」という言葉に、スタッフたちはジーンと胸を熱くしたのだとか。